Um Barril de Risadas,
Um Vale de Lágrimas

♦

JULES FEIFFER

Um Barril de Risadas, Um Vale de Lágrimas

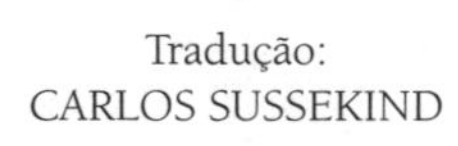

Tradução:
CARLOS SUSSEKIND

O selo Seguinte pertence à Editora Schwarcz S.A.

Grafia atualizada segundo o Acordo Ortográfico da Língua Portuguesa de 1990, que entrou em vigor no Brasil em 2009.

Título original:
A barrel of laughs,
a vale of tears

Preparação:
Márcia Copola

Revisão:
Eliana Antonioli
Carmen S. da Costa

Atualização ortográfica:
2 estúdio gráfico

Dados Internacionais de Catalogação (CIP)
(Câmara Brasileira do Livro, SP, Brasil)

Feiffer, Jules
Um barril de risadas, um vale de lágrimas / Jules Feiffer ; tradução Carlos Sussekind. — São Paulo: Companhia das Letras, 1996.

Título original: A Barrel of Laughs, a Vale of Tears.
ISBN 978-85-7164-614-8

1. Literatura infantojuvenil I. Título

96-4690 CDD-028.5

Índices para catálogo sistemático:
1. Literatura infantojuvenil 028.5
2. Literatura juvenil 028.5

21ª reimpressão

EDITORA SCHWARCZ S.A.
Rua Bandeira Paulista, 702, cj. 32
04532-002 — São Paulo — SP
Telefone: (11) 3707-3500
www.seguinte.com.br
contato@seguinte.com.br

/editoraseguinte
@editoraseguinte
Editora Seguinte
editoraseguinteoficial

Para
Luke, Lincoln
e Jack

Índice

♦

Um Barril de Risadas,
Um Vale de Lágrimas

♦

1
O caçador de javali ou veado

tinha um estranho efeito sobre as pessoas.

Olhem este cara, por exemplo. Dá para ver como está mal-humorado?

Esse humor de cão vem desde que saiu da cama, pisou numa bola de praia do seu filho garotinho, viajou de um escorregão até a janela, saiu projetado pelos ares e terminou caindo em cima de uma roseira. Vocês também não ficariam de mau humor se tivessem uma dúzia de espinhos espetados na cabeça?

Não é o caso de se interessarem demais por este personagem. Ele só entra em nossa história como um exemplo e a gente vai se despedir dele para sempre depois de nove páginas.

Aqui ele aparece numa caminhada pela floresta, a fim de caçar javali ou de caçar veado — ou algo assim —, porque era o que os homens costumavam fazer no tempo de Roger. Acordavam de manhã e diziam: "Mulher, vou sair pra caçar", e a Mulher dizia: "Que vai ser hoje, Marido, javali ou veado?". E o homem da casa respondia: "Tanto faz", porque na verdade isso não importava: todas as comidas tinham o mesmo gosto (não muito bom) naqueles tempos. Ainda não tinham inventado o ketchup.

Então lá vai ele caminhando pela floresta — os passos ressoando, trec, trec, trec — com a testa franzida de estar pensando: "Por que será que tudo acontece comigo? Primeiro saio voando levado pela bola de meu filho, ganho uma coroa completa de espinhos, dou uma topada com o dedão do pé na soleira da porta, sou motivo de riso para minha mulher, que me chama de paspalhão desastrado, o que não resta dúvida que sou mas se ela realmente gostasse de mim não diria isso. Detesto minha vida de casado... eh... quero dizer: de caçador. Detesto ir atrás de javali ou veado. Eu deveria ter sido ferreiro. Graças a Deus, daqui a mais oito páginas estarei saindo deste livro para sempre!".

Ele vai pensando toda essa besteirada,
quando, sem a menor razão,
o franzido da testa desaparece.

Caminha mais uns cinco metros e,
sem a menor razão, sorri.

Mais cinco metros e, sem a menor razão,
o riso atravessa o rosto de orelha a orelha.

E ele se sente uma maravilha, melhor do que quando ganhou a corrida dos sacos no ano passado durante o Piquenique Campestre.

Bom. Embora eu tenha escrito "sem a menor razão" — e repetido isso duas vezes —, havia, sim, uma razão. O caçador não percebeu que Roger estava caminhando em direção a ele, vindo da direção oposta.

E, quanto mais perto Roger foi chegando de encontrá-lo, mais bem-humorado se tornava o caçador. Era *esse* o efeito que Roger tinha sobre as pessoas. Ele fazia com que se sentissem bem.

E não precisava fazer nada para que se sentissem bem. Não contava piadas. Não procurava agradar — nem precisava: era um príncipe.

Roger era o filho do bondoso Rei Dedilzifidicer. E, sendo um príncipe, tinha o direito de ser ríspido, arrogante e mal-humorado. Só que não conseguia ser nada disso, porque não sabia o que era ser ríspido, arrogante ou mal-humorado. Nunca tinha visto ninguém que o fosse. Nunca tinha visto seu pai, o rei, ter um acesso de raiva, nem sua querida mãe, já falecida, bater o pé contra o chão num momento de impaciência. Jamais vira nenhum dos ministros do rei que estivesse com a cara "amarrada", nenhum de seus cortesãos, de seus cozinheiros, de seus criados. Desde que nasceu não houve nenhuma vez em que tivesse ouvido altearem a voz para gritar, xingar, praguejar ou discutir. Nenhuma vez em que tivesse visto uma lágrima, a não, ser lágrimas de alegria. Destas... ah! destas viu muitas.

Porque Roger era um portador de alegria, sua presença servia para espalhá-la. Era algo que se irradiava de sua pessoa como os raios do sol. Foi sempre uma alegria muito especial para sua mãe, e ele se sentia particularmente feliz cada vez que pensava nisso, levando-se em conta que a rainha teve um fim prematuro: quando nadava, certo dia, uma baleia-azul a engoliu.

Sentiu a perda da mãe, mas as baleias eram seu mamífero preferido e o azul a cor de sua predileção, portanto, se ela devia ir-se, a forma por que se foi não lhe pareceu das piores. Não tardou muito para que Roger viesse a sorrir com a ideia daquela baleia-azul sobre o verde intenso do mar tragando goela abaixo sua mãe vestida num maiô com listras vermelhas como se ela fosse uma bengalinha doce.

Tudo na vida era motivo de diversão para Roger. Aqui está ele acordando de manhã.

Esta é a manhã em que ele planejou dar um passeio a cavalo pelos domínios do rei. Mas amanheceu um dia horrível. Está chovendo. Não só está chovendo como está caindo neve e granizo ao mesmo tempo. As pedras de granizo, soando aos ouvidos como se fossem tiros disparados, ricocheteiam contra os muros do palácio. Que pensam vocês que Roger diz a si próprio ao olhar para fora da janela? Diz: "Uau! Vou ficar encharcado até os ossos em dois segundos se sair com esse temporal. Mal posso esperar!".

Ele não volta para a cama e não abre um livro ou uma revista da coleção da família real, como faria qualquer príncipe que estivesse com a cabeça funcionando bem. Sai direto para o temporal e fica empapado e recebendo o impacto das pedras de granizo que se chocam contra seu corpo inteiro. E diverte-se a valer (acreditem ou não).

Tudo, fosse significativo ou insignificante, fazia Roger divertir-se a valer. Escovar os dentes era uma diversão. Comer e dormir, outra diversão. Divertia-se com esportes: caça, arco e flecha, torneios em que dois cavaleiros se enfrentavam com lanças. A bondade divertia-o, mas a crueldade não o divertia menos. Pessoas gordas, pessoas magricelas, pessoas ricas, pessoas pobres, andarilhos, todos provocavam-lhe o riso. Pessoas que moravam em castelos com dúzias de empregados cujo serviço elas não tinham como acompanhar eram motivo para gostosas gargalhadas.

O altíssimo-astral de Roger tinha uma ação enfeitiçante sobre qualquer um ou qualquer coisa que se aproximasse meio quilômetro de onde ele estava.

Os cachorros paravam de caçar gatos.

Os gatos desistiam de caçar pássaros.

O feitiço atraía os pássaros para fora das árvores e eles paravam de caçar vermes.

Os vermes enroscavam-se e desenroscavam-se em espasmos de hilaridade.

E as hienas, que se punham a gargalhar, gargalhavam com tanto entusiasmo que tinham de entulhar suas bocas com galhos mortos e folhagem de gosto ruim para conseguir recuperar a compostura.

A esta altura, já deu para vocês terem uma ideia do efeito gargalhante de Roger. E aqui está o nosso amigo caçador de volta à cena.

Foi só Roger se tornar visível para ele, e o caçador não se aguentou mais em pé, rindo aos gritos. Opa! Acabou de cair em mais outra roseira.

Ele está tão entregue às suas risadas que nem é capaz de pensar em como vai se sentir péssimo daqui a um minuto. Mas não tem problema, porque a partir deste exato momento ele sai do livro. Estava aqui só para mostrar-nos o efeito que Roger tem sobre as pessoas.

Sr. Caçador, pode ir saindo.

Ele continua rindo.

Senhor, está na hora.

Ele não sai. Continua rindo.
Não vai sair.

Que chato perder o controle de um livro desta maneira.
OK, saímos *nós*, então, e passamos para o próximo capítulo.

2
O Rei Dedilzifidicer

“Roger, isto não vai de continuar não poder”, disse seu pai, o rei, falando da sala do trono de seu castelo.

Roger não estava presente quando o rei falou. Se estivesse, o rei não teria conseguido pôr para fora muito mais do que uma ou duas palavras, tipo: “Roger, isto... isto... *ha-ha*... isto... isto... isto... *ha-ha-ha-ha-ha-ha-ha-ha-ha-ha-ha-ha...*”, e assim por diante até morrer de tanto rir ou de velhice.

Pai e filho falavam um com o outro pelo "cumequechama", nome dado pelo rei — incapaz de encontrar a palavra certa para qualquer coisa — ao invento de seu mago da corte e que consistia em duas taças de papel unidas por um cordão com oito quilômetros de comprimento. O cordão estendia-se da sala do trono do rei para fora da janela passando por cima de morros e vales, florestas e campos, rios e altas montanhas, até ir dar no pico culminante do reino, onde erguera-se uma torre construída só para Roger, o único lugar na terra em que ele podia permanecer sem provocar risadas.

"Roger, eu minto suas maldades, quero dizer, sinto muitas saudades, mas com você por perto nada-se fácil, quero dizer, nada se faz, porque o rundo fica todo, o rindo, fica todo mudo e rindo." O rei sabia o que queria dizer, mas até dizê-lo precisava de mais de uma tentativa, e foi por isso que passou a ser chamado de Rei Dedilzifidicer [difícil de dizer].

"Meu filho, estando você prego não se bate um perto, hã... não se parte um... hã... não se bate um prego, você estando... hã... não se abala uma casa... hã... não se prega uma caça, não se abate, não se pega... hã... vou lhe falar pôquer, vou lhe fazer porco, vou lhe dizer pouco... hã... dizer por quê.

“Porque é danado de fácil gostar de você. Hum, saiu certo?” O rei ficava confuso quando conseguia falar corretamente. “Um dia quando for rei... hã... não eu, quando voceja, quando seja, você forrar... hã... você for rei... hã... não vejo onde está a graxa... hã... um rei que é que tem de reisível, falo cheiro... hã... falo sério... ponha-se no meu lunar... hã... lugar, e há de querer, há de exigir... hã... de exigir... como é a palavra?... Retrato, retrete, restrito, *respeito*! Misto esmo! Misto mesmo! Respeito! Respeito! Não podem soltar rindo... hã... cada vez que você... hã... Roger, está na hora de você me dar um jeito... não em mim, dar um jeito em você... Põe essa capeta... essa cabeça para funcionária... hã... Vou te falar pra botar... vou te botar pra falar com meu gago, vago, lago, *mago*!”

3
J. Imago Mago

Onde está Roger neste desenho?

a) Por trás das cortinas

b) Debaixo da cadeira

c) Por baixo da roupa do homem

d) Não está no desenho

e) Outras respostas

Acertou quem escolheu *e*. A velha, gasta e corcovada cadeira de braços em que foi se sentar o velho gasto e corcovado do desenho é — adivinhem! — Roger! Ele está servindo de assento a J. Imago Mago, que não apenas era o homem mais sábio do reino mas também um grande bruxo. Porém, com toda a sua grandeza e sabedoria, Imago Mago não conseguia estar na presença de Roger sem rolar pelo chão de tanto rir, incapaz de uma providência qualquer. E isso era indecoroso para um homem de sua posição, e perigoso para um homem de sua idade — cento e trinta e dois anos.

O único meio de Imago Mago poder estar perto de Roger sem rolar pelo chão era aplicar um feitiço no menino que o transformava em algo com poucas probabilidades de fazê-lo rir. Numa ou noutra ocasião havia transformado Roger em cachorro, gato, rato, sapo, árvore, gota de chuva, grão de poeira. Mas nesse dia, como estava exausto, depois de ter passado acordado a noite inteira escrevendo profecias para o século vindouro, decidiu matar dois coelhos de uma cajadada e transformou Roger numa cadeira de braços.

"Sou muito pesado para você, Roger?"

"Não, senhor. *Ha-ha.*"

"Eu disse alguma coisa engraçada?"

"Ainda não, mas estou me preparando. *Ha-ha.*"

"Deixa ver se com uma almofada estofada no seu assento você sossega. Você se incomoda?"

"Não tem problema, *ha-ha.*"

J. Imago Mago pareceu surpreso e, em seguida, descontente.

"Roger, levei a noite toda transcrevendo profecias para o próximo século. E nem sequer nesse período que ainda não existe haverá alguém que tenha ouvido falar da expressão 'Não tem problema'. 'Não tem problema' só se tornará uma figura de linguagem daqui a... aí vai uma profecia: daqui a seiscentos anos. Fico irritado quando nos livros, no cinema ou na TV vejo pessoas que vivem numa época como a nossa usarem uma linguagem que ainda vai levar séculos para entrar em vigor."

"O que é cinema? O que é TV?"

"Deixe pra lá!", cortou o Mago, usando uma expressão que não tornaria a ser usada antes de seis séculos.

"Sinto muito", disse Roger.

"Esteja à vontade", disse o Mago.

"Tudo bem", disse Roger.

"Então não tem problema", rosnou o Mago, concluindo o diálogo que não transcorreu absolutamente como ele pretendia.

E isto era típico de Roger: nada à sua volta acontecia dentro do esperado.

"Roger", disse Imago Mago, decidido a fazer-se entender, "para todo mundo menos você a vida tem seus altos e baixos, seus raios de sol e nuvens carregadas."

"Incrível!", disse Roger.

Espanto de Imago Mago: "Haver altos e baixos, haver raios de sol e nuvens carregadas é algo incrível para você?".

"Não poderia sonhar com nada melhor", disse a cadeira de braços que era Roger, "a não ser, talvez, espere aí... idas e vindas, luzes e sombras, maciezas e asperezas, ganhos e perdas, e... espere um minuto, tem mais um... mais um... ah! sim: amargos e doces. Posso tê-los, também?"

J. Imago encolheu seu velho e encarquilhado corpo de mago, e falou sério para a cadeira de braços: "Não, Roger. Você não pode ter nada disso. Nem agora nem nunca. Quer saber por quê?".

"Não me faça rir", disse a cadeira.

"*Aí está* por quê!", cortou J. Imago Mago. "Porque você faz rir todo mundo e todo mundo o faz rir. Roger, você não tem um único osso em seu corpo que seja sério. Você só tem ossos engraçados. E um príncipe sem algum osso que não seja engraçado não está em condições de ser rei, de ser um pai... um adulto, sequer. Você não está preparado, talvez nunca fique preparado para assumir os deveres, as obrigações e responsabilidades que o esperam mais adiante."

"Tudo resolvido: não sigo adiante", gracejou Roger.

"Há um mundo de verdade lá fora, meu peralta", vociferou Imago Mago no auge da sua frustração. Apontou para a janela na direção da Floresta Para Sempre e mais além. "É um universo misturado em que há muito sol e muita sombra, muita glória e muita solidão. E você não experimentará nada disso. Não experimentará nada de *coisa nenhuma*." J. Imago Mago levantou-se de Roger e atravessou a sala até chegar à janela. Ficou um bom tempo olhando para fora. "O que está lhe faltando é aventurar-se numa busca", disse ele. Um brilho faiscou nos seus olhos.

"Numa *o quê*?", perguntou Roger.

"Exatamente!", exclamou o mago. "O que é preciso é enviá-lo numa busca!"

"Tipo salvar uma linda mocinha das garras de um dragão ou de um ogro? Isso até que me faria dar boas risadas!"

"Roger, você não é sério bastante para salvamentos. Nem posso imaginar você cavalgando na disparada um corcel que avança para libertar a linda moça aprisionada por um dragão..." O mago não conseguiu evitar uma expressão pouco séria ao pensar nisso. "Coitado do dragão!" Um risinho disfarçado. "Pobre dessa moça!" Foi perdendo o controle e riu, espremendo-se para se conter. "Eles iriam morrer... morrer... morrer..." Não conseguia botar as palavras para fora. "Morrer... morrer... morrer de... de tanto... de tanto RIR!" Caiu pelo chão, tamanha era a alegria, e ficou rolando de um lado para outro. Até que J. Imago conseguisse pronunciar as palavras "Fecha-te, Sésamo!" não houve jeito de controlar a situação. Seus lábios cerraram-se mais colados e apertados do que se estivessem presos com pregos. Sua cor passou do vermelho de beterraba ao branco do miolo de pão. Olhou fixamente para Roger enquanto se erguia — na verdade, flutuava (porque era mágico) — sobre os pés.

"Está vendo só o que você faz, Roger? Você põe o reino inteiro em polvorosa. Não teremos paz até que volte de sua busca como um sujeito com a cabeça no lugar."

"Que busca?", indagou Roger, no exato momento em que J. Imago Mago tornou a sentar-se sobre ele.

"Uma busca que lhe ofereça mais do que meramente aventura", ponderou J. Imago Mago. "Uma busca que lhe ofereça..." J. Imago Mago desfraldou a palavra seguinte como uma bandeira: "Exxxperiêêêêêêência!".

Roger estava intrigado. "Acho que é a palavra mais comprida que já ouvi, só perdendo, talvez, para *hipopótamo.* O que quer dizer?"

"Sou seu mago, não seu tutor. Você logo, logo vai saber o que ela significa", resmungou com má vontade Imago Mago. "Será que devo escolher para seu ponto de partida a Planície do Padecer, que o encaminhará ao Desfiladeiro da Crise e depois terminar tudo na Caverna do Juízo Final...?" Abanou a cabeça. "Não, seria começar de um ponto adiantado demais. Você precisa de uma busca onde possa se desenvolver."

"Uma busca não é quando se tem de encontrar algo ou alguém?", disse Roger.

“Exatamente!”, disse o Mago, encantado com a forma como Roger havia pegado o espírito da coisa.

“Quem ou o que tenho de encontrar?”

“Ainda bem que você me fez essa pergunta”, disse Imago Mago. Ergueu-se de Roger e foi até a janela. Tinha o corpo todo doído de ter ficado rolando de lá para cá no chão. Atravessou com seu olhar de mágico o panorama que se descortinava na sua frente, captando florestas, montanhas, vales que nenhum olho comum seria capaz de ver.

"Vejo você entrando na Floresta Para Sempre, Roger", falou Imago Mago num tom de voz tão baixo que Roger, a cadeira, precisava esforçar-se para ouvi-lo.

"Floresta Para Sempre, que vem a ser?", perguntou Roger.

"Depois continuando até a Divisa Perversa."

"Divisa Perversa, que vem a ser?", perguntou Roger.

"De lá para o Vale da Vingança."

"Vale da Vingança, que vem a ser?", perguntou Roger.

"Atravessando o Mar de Gritos e a Montanha de Más Intenções."

"É só? Ou ainda tem mais?", perguntou Roger. "Porque, se tem mais, prefiro não ficar sabendo."

Um brilho súbito de astúcia faiscou no olho de J. Imago. "Lá você encontrará sua busca!"

"Não compreendo", disse Roger. "Lá onde?"

"Acolá, adiante ou além", disse o mago.

"Deixa ver se eu peguei", disse Roger. "É para eu encontrar minha busca num desses lugares, ou num outro lugar. É isso que você está me dizendo?"

"Acolá, adiante ou além", repetiu o Mago.

Roger sacudiu-se prendendo o riso, o que era um espetáculo que valia a pena ver, por ser ele uma cadeira. "Você está me mandando partir numa busca, sem me dizer aonde, para encontrar você não vai me dizer o quê. É isso mesmo?"

"Eu não teria dito de melhor maneira", comentou o Mago.

"Dito o quê?", Roger gargalhou para dentro. "Não sei o que foi que eu disse! Como poderei saber que estou aonde deveria ir? Ou que encontrei o que estou buscando?", indagou Roger, com um riso que durante quase um minuto ficou se descomprimindo e borbulhando dentro dele.

"Saberá sabendo", resmungou J. Imago Mago.

"Saberei sabendo como?!", Roger disse, deixando escapulir risadinhas, incapaz de conter-se mais tempo.

"Seja onde for, seja o que for, seja quem for, você saberá que encontrou o objeto de sua busca quando nem você nem o objeto estiverem rindo."

"Iiuuupiii!", gritou Roger, balançando para a frente e para trás com tanta força que um dos descansos de braço desprendeu-se e despencou para o chão, machucando J. Imago Mago no tornozelo.

"Ierguultchiqiuaau!", gritou o mago, usando uma palavra que nada tinha a ver com magia mas que descrevia exatamente o que ele estava sentindo.

4
A Floresta Para Sempre

Passados dois dias e duas noites de viagem, Roger, que tinha sido transformado num cavalo branco, e J. Imago Mago, que o montava, chegaram pouco depois do alvorecer à entrada da Floresta Para Sempre.

"Está me parecendo muito agradável", disse Roger, observando árvores de todos os tipos e tamanhos que se mexiam em vaivém como bailarinas entre as névoas do romper do dia.

Imago Mago estalou os dedos uma vez e meia, que era exatamente o que ele precisava para restituir Roger à sua pessoa de príncipe. E então o garoto e o velho mago fizeram suas despedidas.

Enquanto as lágrimas brotavam-lhe dos olhos ao abraçar Roger, Imago Mago percebeu que continuava com vontade de rir. "Roger, *ha-ha* estou lhe dando este saco de Pó Mágico e é para você não se separar dele em momento nenhum. Ele tem o poder de transformá-lo em coisas que não farão ninguém *ha-ha* rir. Exatamente que coisas e durante quanto tempo não sei *ha-ha* dizer. A magia é uma ciência *ha-ha* inexata. Você poderia ser um esquilo *ha-ha* por uma hora, um ganso *ha-ha* por um dia, uma samambaia *ha-ha* por uma semana, uma árvore por uma... por um... ah! *ha-ha-ha-ha-ha-ha,* não aguento mais! Boa sorte, meu filho!"

Antes de Roger ter qualquer chance de partilhar ainda

uma última risada com ele, J. Imago cobriu-se com sua capa preta de viagem por cima do chapéu pontudo de mago e sumiu em rodopios como se fosse um pião.

Roger penetrou na Floresta Para Sempre convencido de que animadamente avançaria sem se deter e percorreria numa carreira a Divisa Perversa, o Vale da Vingança, o Mar de Gritos, a Montanha de Más Intenções, e estaria de volta à torre com os resultados de sua busca (fossem quais fossem) ao anoitecer.

Um ano se passou, ele sempre certo de que não levaria muito tempo, mas quanto mais longe avançava em sua caminhada — os passos ressoando, trec, trec, trec —, mais perdido ficava. A Floresta Para Sempre começava aqui, mas nunca chegava lá adiante, e por isso se chamava Floresta Para Sempre. Ia continuando, continuando, continuando e continuando, e mais, e ainda mais, e ainda mais um pouco. Roger cruzava com caminhantes que estavam nela havia quinze ou vinte anos. Não chegavam ao descontrole do riso quando em presença de Roger porque este, ao primeiro sinal que ouvia de sua aproximação (risadinhas seguidas de estrondosas gargalhadas), espalhava sobre si o Pó Mágico que trazia no saco oferecido pelo mago. Num abrir e fechar de olhos, a transformação acontecia. Transformação em todo tipo de coisa; por exemplo:

Uma margarida.

Uma vaca.

Uma cobra.

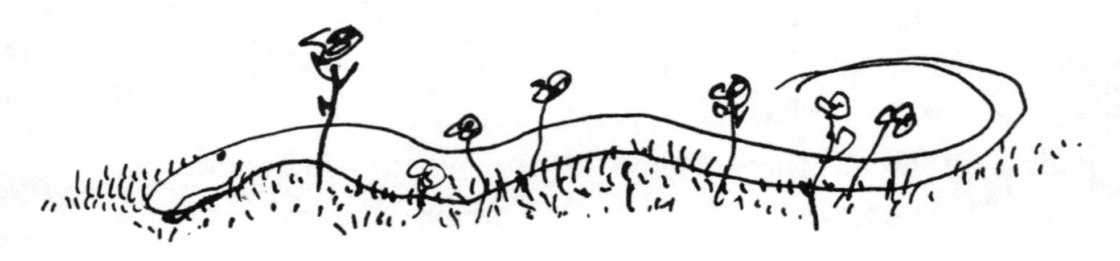

E a mesma velha cadeira de
braços em que o mago
já o havia transformado antes.

Os caminhantes da Floresta Para Sempre jamais tiveram como saber que a margarida, a vaca, a cobra, a cadeira de braços, cada qual mais sem graça que a outra e pelas quais eles passaram a uma distância de poucos centímetros, eram na verdade o Príncipe Roger.

De início, ele espalhava seu Pó Mágico fazendo economia, para que durasse. Mas não tardou a ficar sabendo que, por maior ou menor que fosse a quantidade aplicada do pó, o saquinho de couro de porco aparecia repleto outra vez na manhã seguinte. O efeito de algumas dessas transformações mágicas passava em uma hora; havia outras em que persistia por um dia, e até mesmo uma semana ou mais. Roger não se preocupava; tanto melhor que não desse para saber o tempo que ficaria na pele de cada personagem.

"Como se explica que eu nunca me transforme num pássaro e possa sair voando deste lugar?", pensou certo dia quando era uma truta pintada esquivando-se brincalhonamente dos anzóis de dois pescadores. Bateu suas barbatanas como se fosse um pássaro e fez: “Piu, piu, piu”. A ideia de ser um peixe capaz de fazer imitações de passarinho pareceu-lhe tão fantástica que ele logo tratou de subir à tona para partilhar seu prazer com os pescadores.

“Piu, piu, piu”, fez Roger.

“Você ouviu o que eu ouvi?”, perguntou o primeiro pescador, cujo nome era Colin, o Carpinteiro.

“Tu-í, tu-u”, fez Roger, experimentando um pio diferente.

“O que você acha que pode ser?”, perguntou o segundo pescador, cujo nome era Tim, o Trovador.

“Ou é um pássaro que foi encantado ou uma truta de esperteza rara”, disse Colin, o Carpinteiro.

“Caooo-caooo”, fez Roger.

“Sabe imitar uma coruja?”, gritou-lhe Tim, o Trovador.

“Uuuu-uuuu”, fez Roger.

"Não vá embora", gritaram os pescadores, e saíram a toda para ir chamar os outros habitantes da floresta.

E então o que havia começado como sendo mais um dia chato para o povo da Floresta Para Sempre acabou virando uma tarde inesquecível graças à truta performática.

Desse modo Roger fez amigos, e à medida que os dias converteram-se em semanas e as semanas em meses, esses novos amigos passaram a depender dele para ter alegria em suas vidas. Quando Roger aparecia repentinamente sob um de seus muitos disfarces — sapo falante, antílope dançarino, árvore cantora —, eles esqueciam na mesma hora aquele negócio de ficar caminhando em círculos à procura de como voltar para casa. Se se tratasse de um acampamento de verão, ele seria o monitor.

Certa manhã, Roger ia perambulando pela floresta não pensando em nada, enquanto a passarada, sem saber por quê, deixava as árvores num alvoroço alegre, quando ouviu, vinda de longe, uma sonora gargalhada de homem. No mesmo instante, Roger espalhou sobre si o Pó Mágico e em seu lugar apareceu um javali. Ele mal tinha se tornado essa coisa enorme, resfolegante, que escarvava o chão com fúria e arremetia sem medir consequências, quando ouviu o zunido de algo ameaçador passar com toda a força voando rente à sua orelha. Uma flecha cravou-se no tronco de uma árvore, menos de três centímetros acima de sua cabeça. No que Roger, o Javali, girou o corpanzil, pôde perceber que contra ele avançava o caçador mostrado no primeiro capítulo, aquele que se recusou a sair deste livro no momento em que deveria, e que, em vez disso, ficou retido sem saída na Floresta Para Sempe.

"Pare ou eu atiro!", gritou o caçador. O tipo de bobagem que se diz. Não só já havia atirado como tinha uma flecha retesando o arco, pronto para atirar de novo. Se Roger houvesse dado atenção ao que ele disse, a estas horas seria um príncipe valendo o que vale um javali morto.

Por sorte, Roger sabia exatamente o que fazer. Baixou a cabeça, resfolegou de um modo assustador e investiu contra o caçador como se estivesse a fim de matá-lo, o que não era o caso de jeito nenhum. Ele só queria brincar.

A perseguição estendeu-se por duas horas, até os dois, javali e caçador, desistirem, vencidos pela exaustão.

"Não me mate!", implorou o caçador.

"Mas por que iria matá-lo? Há séculos não me divirto tanto", disse Roger, arquejante.

O caçador ficou no maior espanto ao ouvir voz tão amigável saindo de uma besta selvagem como aquela. "Perdoe-me! Não teria disparado a flecha se soubesse que você estava sob um encantamento. Diga-me o que você é realmente. Um príncipe?"

"Não importa", disse Roger, modesto demais para confessar a verdade.

"Seja o que for, você deve ser uma criatura nobre, para me deixar viver. Nunca mais atirarei num javali, pois poderia ser você. Atirarei só em veado."

Roger fez um som imitando a voz dos cervídeos. "Qualquer dia destes posso ser um veado."

"Então nunca mais atirarei num javali *ou* num veado. Atirarei em... urso!"

"E se esse urso fosse *eu*?!", exclamou Roger, querendo dar-se ares de indignação.

O caçador soltou um gemido. "Diga-me então o que você *não* vai ser, assim eu fico sabendo o que posso matar."

"Eu posso ser qualquer coisa!" E Roger explodiu numa gargalhada.

A informação deixou o caçador muito sério. "Nunca mais caçarei", disse o homem, que, já não sendo um caçador e mesmo assim ainda presente neste livro, deveria ter um nome pelo qual pudéssemos chamá-lo. Que tal Jack?

"Sou Tom", disse o ex-caçador, que insiste em não seguir nada do que eu lhe recomendo.

"Sou Roger", disse o javali.

"Conte-me sua história", disse o ex-caçador. E, assim, passaram a hora seguinte contando cada qual a sua história, que vocês já conhecem mas cuja lembrança, se quiserem, podem refrescar voltando ao capítulo 1.

5
A noite dos sapos

Uma nota para o leitor: Este é o meu livro. Eu sou o seu autor. Inventei um título de que me orgulho porque fica parecendo que é poesia (o que é bom), mas não é (o que é melhor). Fui eu que inventei a história e todos os personagens — inclusive Jack, que chama a si mesmo de Tom, e isso, tenho que confessar, realmente me deixa frustrado.

O que é bom nesse negócio de ser escritor é que a gente sabe tudo o que vai acontecer antes que aconteça. Na vida real não se consegue ter certeza sobre o que vai acontecer daqui a cinco minutos, mas no seu próprio livro você tem o controle que na vida real é impossível. E é por isso que pessoas como eu resolvem ser escritores em vez de, digamos, Presidente. Porque nem mesmo o Presidente sabe o que um escritor sabe, ou seja, o que vai acontecer em seguida.

Mas aí chega esse Jack, que chama a si mesmo de Tom, e, para começar, não sai deste livro na hora em que deveria, e depois conhece Roger e se torna o seu melhor amigo. Sim, é isso que acontece em seguida. Eu sei, porque planejei que acontecesse assim. Não propriamente que esse Jack se tornasse o melhor amigo de Roger, mas um outro caçador que eu teria chamado de Jack, e que *teria sido* Jack se não fosse esse idiota ter aparecido primeiro na floresta. Ah! que raiva!

De qualquer modo, eu simplesmente precisava fazer esta pausa para desabafar. E não se preocupem, continuo, *para to-*

dos os efeitos, com o controle desta história, e ela deverá seguir o mais direitinho possível o caminho planejado por mim. Mas cuidado com esse Tom! Pois é, vou chamá-lo de Tom. Não tenho outra escolha, porque é assim que Roger o chama, e daria confusão se eu começasse a chamá-lo por um nome e Roger por outro.

Um último aviso: Não confiem em Tom. E se vocês toparem com ele em qualquer lugar fora deste livro, não contem para ele que eu disse isso.

Obrigado.

Passem ao próximo capítulo, que também será o de número 5. Este que acabaram de ler não era na verdade o capítulo 5, e não existe nenhuma "Noite dos sapos". O título foi só para enganar Tom.

5
Tom

Como foi que Roger e Tom vieram a se tornar o melhor amigo um do outro? Eles não eram nem um pouco parecidos. Tom era um camponês, Roger um príncipe. Tom era cinco anos mais velho, um homem plenamente amadurecido. Roger era um rapaz, em quase todos os aspectos continuava a ser um garoto. Tom tinha mulher e filho, embora não os visse desde que ficou retido na Floresta Para Sempre. A esta altura estava bem esquecido dos dois, e os dois, dele. Um ano depois de ele ter sumido, sua mulher requereu ao Rei Dedilzifidicer que promulgasse um decreto declarando morto seu marido. Passado um mês, ela casou-se com o fazendeiro vizinho, um sujeito bom, decente, confiável chamado Jack, vejam só, sobre quem eu preferiria estar escrevendo em lugar de escrever sobre Tom. Mas Jack não tem como entrar neste livro, porque nunca chegou a conhecer Roger. Ao passo que Tom é o seu melhor amigo. A vida tem essas complicações. Nem tudo corre como a gente gostaria.

Roger crescera sem ter ninguém com quem brincar. Seus amigos no palácio, forçados a rir o tempo todo, às gargalhadas, não conseguiam brincar com ele. E os amigos que fizera na Floresta Para Sempre eram velhos demais para outra coisa que não fosse simplesmente deixar-se entreter. Tom era um caso diferente. Em idade era próximo o suficiente de Roger para poderem se divertir juntos, sobretudo depois de um salpico do Pó Mágico de J. Imago Mago. Seu truque de poder transformar-se em qualquer coisa — plantas, animais, mobília, poças de lama — era muito bem aproveitado por Roger nos jogos e brincadeiras.

Uma poça de lama, considerada em si mesma, não tem nenhuma graça, mas quando Tom se punha a pular em cima dela e Roger fazia a lama espalhar-se por Tom dos pés à cabeça... esse é o tipo de diversão que une as pessoas.

Muito apreciado era também um jogo de esconde-esconde chamado quente e frio, que só dava para jogar quando Roger se transformava em algo como um pedaço de pau ou uma pedra, algo que Tom pudesse apanhar e lançar à distância. A graça do jogo estava em Tom arremessar Roger com toda a força para a parte mais cerrada da floresta e depois sair à sua procura.

"Estou quente ou frio?", gritava Tom, embrenhando-se pelos caminhos da floresta, os passos ressoando, trec, trec, trec.

"Gelado", dizia Roger num quase sussurro para não entregar seu esconderijo.

Tom mudava de rumo. "Estou ficando quente?"

"Uma pedra de gelo!", gritava Roger, que nessa ocasião era uma ferradura enterrada sob um montículo de agulhas de pinheiro.

E a tarde se passava inteira, assim, com Tom aventurando-se por aqui e por ali, depois voltando, à caça de seu companheiro. "Estou ficando quente?"

"Quente!"

"Continuo quente?"

"Está pegando fogo!"

"Te peguei!"

Roger não conseguia imaginar nada que fosse mais divertido do que a maneira como ambos passavam o tempo. Imaginem só se Tom poderia deixar de ser o seu melhor amigo!

Depois de um longo dia de brincadeiras, Roger e Tom gostavam de relaxar e trocar ideias sobre as coisas, que é o que os amigos costumam fazer mas Roger nunca havia feito. Para ele, essa era uma experiência inteiramente nova. "Deveríamos bolar um plano", disse Roger certo dia em que ele tinha a forma de uma árvore. Essas conversas de fim de tarde eram aguardadas ansiosamente por ele.

"Para que precisamos de um plano?", perguntou Tom, que se sentara à sombra de Roger, pescando num córrego o seu jantar.

"Um plano que nos ajude a sair daqui", disse Roger.

"Esta é a Floresta Para Sempre. Estamos aqui para sempre", disse Tom.

Roger sabia que isso não podia ser verdade, porque ele estava numa busca. "Não acredito", disse.

"Sou mais velho que você e sei o que digo."

"Mas eu sou um príncipe, logo é natural que esteja mais por dentro das coisas."

"Um camponês com experiência de vida sabe mais do que um príncipe que foi engaiolado numa torre a fim de não fazer as pessoas rirem", disse Tom.

"Um príncipe é instruído e um camponês não. Você não sabe ler."

"De que vale ler numa floresta sem livros?"

Tom tinha razão, mas Roger não quis ceder. "Você tem é inveja por eu ser instruído."

"Se é tão instruído como diz, responda-me: que tipo de árvore você é?", zombou Tom. Roger estava perplexo. "Eu sei que tipo de árvore você é, mas você nã-hã-ão", disse Tom, arrematando a frase como se fosse um canto gregoriano.

"De qualquer maneira, não sou uma árvore de verdade, então para mim que diferença faz?"

"Ainda bem, porque não vou mesmo te dize-hê-er", salmodiou Tom.

"Tudo bem, porque eu sei uma coisa que não vou te contá-há-ar", contrassalmodiou Roger.

"Duvide-de-ó-dó. Não sabe na-há-da" (Tom).

"Sei sim-hi-him" (Roger).

"Está inventando isso só porque quer que eu diga o tipo de á-há-árvore que você é-hé-é" (Tom).

"Não estou inventando na-há-da" (Roger).

A paciência de Tom se esgotou. "Você me diz, que eu digo pra você."

"Primeiro diz você."

"Não, primeiro você."

"Não, primeiro você!" Ninguém conseguia ser mais tolo por mais tempo do que Roger.

"Você é uma acerácea", resmungou Tom. "Agora é sua vez."

"Um dos meus galhos vai cair na sua cabeça."

Se fosse um segundo antes, Tom ainda poderia ter se desviado. "Ai!", gritou, no momento em que um dos galhos de baixo soltou-se de Roger, e este riu com tanta vontade que fez suas folhas todas balançarem como se estivessem aplaudindo.

"Não tem a menor graça", lamentou-se Tom, passando a mão na cabeça dolorida.

"Para *mim* tem!"

"Que tal se eu te desse um pontapé?", disse Tom, tão irritado a ponto de esquecer que estava tratando com uma árvore e não com um príncipe.

"Estou pouco ligando, e pra quem acha que devia estar ligando, digo que estou cagando e andando", respondeu Roger voltando ao tom de cantilena.

O que se viu em seguida foi Tom dar um pontapé em Roger e sair com o dedão do pé doendo horrores. Foi mancando para a floresta, levando o peixe que tinha pescado. "Trate de pescar você mesmo o seu jantar!", gritou.

Roger demorou a conseguir conter as gargalhadas e gritou em resposta: "Árvores não comem peixe! Se fosse instruído, você saberia disso!".

Mas uma hora depois ele havia parado de ser uma árvore e bateu-lhe enorme vontade de comer peixe. Tom estava distante em algum lugar curtindo seu mau humor e comendo, e Roger teve que contentar-se com maçãs e framboesas para o jantar. Com isso aprendeu uma lição. "Não posso rir de tudo que me dá vontade de rir. Preciso ter cuidado. É uma pena", lamentou.

6
A melhor festa que já houve na face da terra

Sábado à noite havia festa na Floresta Para Sempre. A encarregada de preparar o banquete era Lucille, a Fortona. Trinta anos antes, na véspera de seu casamento, Lucille, a Fininha (como era então), esteve brincando de esconder com seu bem-amado, Andrew.

"Esteja pronta ou não, lá vou eu!", gritou Andrew depois de contar até cem. Mas não a encontrou. Lucille, a fininha, havia se escondido atrás de uma árvore na Floresta Para Sempre. E quem entra nessa floresta nunca mais sai. Lucille não estava sabendo disso. Outra coisa que não estava sabendo era que Andrew tinha ido à sua procura na direção errada — e continuava a procurá-la trinta anos depois. "Saia do esconderijo, apareça! Esteja onde estiver, saia e apareça!", ouviu-se o noivo gritar em vinte e três mil quinhentos e sessenta e oito aldeias dos cinco continentes.

Claro que Lucille não teve nem a mais remota noção de como tudo se passou. A única coisa de que tomou conhecimento foi que naquele dia fatídico trinta anos antes, depois de esconder-se atrás da árvore por dez horas, ficou gelada e com cãibras, e muito aborrecida com Andrew por não a ter encontrado.

Saiu de trás da árvore e foi então que descobriu estar numa floresta de que era impossível escapar. "Mas amanhã é o dia do meu casamento!", choramingou. Acontece que o casamento não se realizou. Nem no dia seguinte nem nos onze mil dias seguintes que se passaram.

Ela então o que fez foi comer. E comeu, e comeu.

E comeu, e comeu, e comeu, e comeu.

Talvez pensando: já que não conseguia sair dali caminhando, e se encontrasse a saída devorando tudo? Tampouco foi o que aconteceu. A única coisa que aconteceu foi que Lucille, a Fininha, desabrochou em Lucille, a Fortona, adorada pelos errantes cidadãos da Floresta Para Sempre por causa dos generosos banquetes que oferecia nas noites de sábado. Eles comiam até não poder mais, então vinha Lucille e comia as sobras.

Quando Roger passou a morar na floresta, os banquetes de Lucille nas noites de sábado mudaram significativamente. Depois de todos terem se fartado com pato assado, faisão assado, peru assado, porco assado, veado assado, urso assado e as guarnições, depois de terem conversado, de terem cantado o repertório inteiro de velhas canções, de terem desfiado as lembranças de suas vidas anteriores à floresta, Fred, o Fazendeiro, Polly, a Camponesa, Peter, o Camponês, Sarah, a Costureira, Belle, a Garçonete do Bar, Colin, o Carpinteiro, Ingrid, a Estalajadeira, Paul, o Carregador, Patrick, o Fabricante de Papel, Michael, o Comerciante, Tim, o Trovador, Millicent, a Acendedora de Fósforos, e dezenas de outros sentavam-se e assumiam um ar de expectativa. Esperavam.

Estavam esperando o quê? Por volta de onze horas, Tom surgia da escuridão e se aproximava do círculo que eles tinham formado. "Estão todos aqui?", gritava.

"Sim!", respondiam-lhe, no mesmo tom de voz, os cidadãos da Floresta Para Sempre.

Tom levava a mão em concha à orelha e inclinava-se um pouco mais na direção deles. "De novo! Não estou ouviiiindo!", gritava.

"SSSSIM!" A palavra ressoava na Floresta Para Sempre com força igual à de mil balões que estivessem deixando escapar o ar ao mesmo tempo.

"Estamos prontos para o Príncipe Roger?", Tom gritava, erguendo a voz ainda um pouco mais.

"SSSSSIM!" O silvo prolongado e entusiasmado estava de volta, liberando a resposta dos errantes caminhantes.

Tom recuava um passo, e dessa nova distância fazia sinais de reconhecimento e dava piscadelas para um e outro da "plateia". "Temos rostos novos esta noite?" Escolhia um rosto que não lhe fosse familiar entre os presentes. "O senhor, é a primeira vez que vejo."

"Perdi-me na semana passada", dizia um jovem ruivo, com uma penugem começando a crescer no queixo.

"Na semana passada! Ora vejam só!" Tom ria maliciosamente para os veteranos da Floresta Para Sempre, perdidos havia tantos anos que uma semana, para eles, era como se fosse um minuto. Eles riam, soltavam uivos, aplaudiam o forasteiro. Tom aquietava o grupo com um aceno de mão.

"Posso lhe perguntar de onde vem, senhor?"

"Do reino do bom Rei Dedilzifidicer!"

"Ora vejam só! O pai do Príncipe Roger!" Tom rodava o pulso direito em círculos acima de sua cabeça.

"Rog*er*! Rog*er*! Rog*er*!" Entoado em coro o nome do príncipe, o povo da Floresta Para Sempre começava prendendo o riso, depois engasgando-se com o riso preso, depois rindo de boca fechada e acabava por estourar em sonoras gargalhadas. O Príncipe Roger já se aproximava. Oitocentos metros de distância... quatrocentos metros... duzentos... e pronto, estava no meio deles!

Carneiros adormecidos nos campos, a quilômetros dali, erguiam a cabeça com espanto ao ouvir o que lhes chegava dos vivas e das risadas. Gente atrasada para a festa vinha de todas as direções, num corre-corre que causava a maior confusão, tropeções e trombadas, porque obviamente ninguém estava a fim de perder o melhor espetáculo que já houve na face da terra.

Quinze minutos mais tarde, quando ficava claro para Roger que os participantes da festa estavam na iminência do colapso total, ele repetia o recurso de sempre: jogava em si próprio o Pó Mágico e desaparecia.

E ninguém, a não ser Tom, seria capaz de desconfiar que ele era aquela aranha, ou aquele esquilo, ou aquele cepo de árvore, ou aquele cogumelo, ou qualquer das centenas de animais, vegetais ou peças de mobiliário em que se transformava durante os anos felizes que passou na Floresta Para Sempre. Sua busca havia muito já fora esquecida. O único cuidado que tinha agora era fazer com que o povo da Floresta Para Sempre, uma vez por semana durante quinze minutos, se considerasse privilegiado por ter se perdido.

7
Abraca...

No castelo, enquanto isso, J. Imago Mago não conseguia controlar a frustração, a agitação e a raiva. Quando não estava aflito estava ansioso, quando não estava ansioso estava impaciente, e dormia um sono todo entrecortado. Três anos haviam transcorrido desde que mandara Roger em sua busca. Três anos! E onde estava ele, e o que estava fazendo? Estava na Floresta Para Sempre sendo a alma da festa!

Uma vez por semana o mago consultava sua bola de cristal para ver se havia alguma mudança; isto é, uma vez por semana no primeiro ano, uma vez por mês no segundo ano, duas vezes por ano no terceiro. E o que via na bola de cristal? Roger às voltas com seus velhos truques: fazendo as pessoas rirem de tal forma que esqueciam o lamentável estado de suas existências. Esqueciam que estavam perdidas, vagando em círculos, sem chegar a parte alguma. E estavam felizes, por incrível que parecesse! E Roger estava feliz! O único que se sentia um desgraçado era J. Imago Mago.

Transcorrido o primeiro ano, o Rei Dedilzifidicer mandou que comparecesse aos aposentos reais seu mago da maior sabedoria e de sua inteira confiança. "Que me filhas do meu conto em sua busca? Quero dizer: que me buscas do meu conto em seu filho? Quero dizer: que me contas de meu filho em sua busca?"

J. Imago Mago não podia partir o coração de seu bondoso rei contando-lhe a verdade. "Nada tenho a comunicar", comunicou.

"Nada?"

"Nada."

Ao fim do segundo ano, o Rei Dedilzifidicer chamou seu mais fiel e brilhante conselheiro aos aposentos reais. "Que me contas de minha busca em seu filho? Não. Que me falas do meu filho nas folhas? Não é isto. Que mil folhas nas falhas do filho? Tudo errado..."

Para tão longa pergunta, J. Imago Mago dava uma breve e infeliz resposta: "Nada".

"Nadando?"

"Nada, Alteza."

"Nada de nada? Podem os ouvidos dizer no que me crês?"

Ao fim do terceiro ano, o Rei Dedilzifidicer perdera a fé em seu velho amigo.

J. Imago furtou-se à entrevista. Que podia o coitado dizer? Consultara a bola de cristal aquela manhã. Roger tinha virado um urso e perseguia Tom, que subira ao alto duma árvore para proteger-se. Tom partia os galhos da árvore, lançando-os sobre Roger, que os apanhava com os dentes, roía a casca toda e urrava em seguida: "Mais!". De forma alguma se poderia dizer que fosse o comportamento de um príncipe desincumbindo-se de uma busca, pensou o grande mago.

Ele havia mandado Roger à Floresta Para Sempre na esperança de que desse seus primeiros passos a fim de tornar-se um homem e encontrasse uma saída. Parecia piada! Mas J. Imago Mago não se sentia capaz de rir, tanto a coisa toda lhe doía. Principalmente quando ele pensava na tradição da busca, na *grandeza* associada à busca: dezenas de milhares de buscas ao longo da história pondo à prova a coragem, o heroísmo de reis, príncipes, cavaleiros e às vezes meros rapazinhos. Em luta contra dragões, monstros com cabeças de hidra, serpentes marinhas, ogros, feiticeiras e magos...

Bem, aqui estava um mago... J. Imago Mago! Impotente, humilhado. E o causador de tal desgraça era nada mais nada menos que o filho de seu amado rei! J. Imago franziu a cara, fremiu de indignação, pôs a maior tromba, ficou resmungando. Deu um pontapé no gato. O gato riscou-o com as unhas. O arranhão infeccionou. J. Imago ficou de cama. A febre subiu. Seus poderes encolheram. Sua vontade de viver encolheu. Ele ficou entre a vida e a morte, tentando sem resultado, em seu delírio, lembrar-se da fórmula de encantação para arranhões infeccionados. Conseguiu formar na lembrança "Abraca...", mas não passou daí. "Abracaoquê? Abraqual? Abraquisso? Abracacomossediz?".

O fato de estar pensando à maneira do rei fez com que ele pensasse ser o rei, e, em consequência, chorasse por seu filho perdido, Roger. Sete dias e sete noites sua febre subiu e baixou e voltou a subir. Ele chorava, dormia, acordava, dizia: "Abra... abraca... abracaqualquercoisa...". Mas a última parte da encantação não vinha de jeito nenhum. Ou quando vinha, era no exato momento antes de ele cair no sono, e não lhe dava tempo de pronunciar a sílaba derradeira que traria de volta sua saúde: "Abracadab...".

Dormiu um sono comprido, torturado, tempestuoso. E acordou fraco e esgotado, sem a mais remota lembrança de

como terminava a encantação. "Abracaqui, abracalá, abracacima, abracabaixo, abracafora, abracadentro, abracapreferivelmorrer." E por pouco não morria mesmo.

Um dia o Rei Dedilzifidicer foi fazer-lhe uma visita. "Adoeci que você tinha ouvido!", disse-lhe, bastante transtornado. "Filhei minha perda, não me perda deixar você!", exclamou, numa perturbação tal que lhe era impossível desenredar as frases. "Não magiará uma havia que use passar? Curar? Fito e deito, dito e feito? Bradaca abra? *Você* sabe!"

E na mesma hora J. Imago soube! O rei, à sua maneira tola e desarrazoada, fez com que se lembrasse. É bem verdade que Sua Alteza pronunciou a fórmula de trás para diante, mas e daí?

"*Abracadabra*!", disse num estertor J. Imago Mago, com a última sobrazinha de sua voz, a última sobrazinha de seu espírito, a última sobrazinha de sua força se apagando. Segundos depois, tinha voltado a ser ele mesmo. E estava com uma raiva enorme de Roger!

8
A vingança do mago

Roger acordou com o som distante de Tom dando risadinhas. Tom morava a pouco mais de um quilômetro e meio de distância, numa pequena cabana de palha no meio do mato, exatamente como a de Roger. Tom construíra a cabana de Roger e em seguida a sua própria, situando-a quase um quilômetro e meio "fora do perímetro das gargalhadas", como Tom gostava de dizer. Todas as manhãs, ao levantar-se, Tom preparava um saco de mantimentos com ovos, frutas e frutinhas silvestres para Roger e para si próprio, e lá se ia percorrendo o caminho na floresta — trec, trec, trec — até a cabana do jovem príncipe.

Sendo nobre de nascença, Roger dormia até mais tarde que Tom, e poderia continuar dormindo pelo dia todo se não tivesse para acordá-lo a risadinha do amigo quando ia se aproximando. A risadinha de Tom era o despertador de Roger. Antes que ela crescesse até explodir num clamor incontrolável, Roger já havia pulado da cama de palha, molhado três ou quatro partes do corpo jogando-lhes água fria da nascente, e se enfiado nos mesmos farrapos que vinha vestindo desde sua chegada à Floresta Para Sempre.

Fazia parte da rotina de Roger, depois de levantar-se, apanhar seu saco de Pó Mágico, despejar um pouco do conteúdo sobre si mesmo, e transformar-se em algo anódino e melancó-

lico, que fosse incapaz de provocar gargalhadas em Tom ou em qualquer outra pessoa. Mas esta manhã foi diferente. Esta manhã Roger teve um choque ao descobrir que o Pó Mágico estava só até a metade do saco.

Havia algo errado. Por maior que houvesse sido a quantidade de Pó Mágico usada por Roger na véspera, ele sempre encontrava o saco repleto no dia seguinte. Por ser o material mágico e *ele* um príncipe, Roger acreditava que o pó não se gastaria nunca.

Tom vinha chegando mais perto, rindo mais alto. Roger já deveria, sem sombra de dúvida, ter se transformado numa vaca ou numa cobra a esta altura. Mas nada disso. Não foi capaz. Não conseguia nem se mexer, tamanho havia sido seu espanto ao dar com o saco pela metade. "Que significa isto?", pensou. Seu primeiro pensamento depois de muito, muito tempo. A última vez em que chegara perto de algo que se poderia chamar de pensar foi quando ele era uma árvore e havia deixado cair um galho na cabeça de Tom. Ao longo de um dia, pensar figurava em último lugar na lista de coisas que tinha para fazer. Por que pensar quando se pode brincar?

"*Ha-ha-ha-ha-ha.*" As sonoras gargalhadas de Tom já estavam, pode-se dizer, quase esbarrando nele. Roger nada fez. Lá ficou congelado, olhando fixo bobamente para o saco de Pó Mágico pela metade, e repetindo sem parar: "Que significa isto?", sem parar, sem parar.

Não me é permitido dizer a Roger o que isto significa porque iria atrapalhar a história, mas não há motivo para não dizê-lo a vocês. J. Imago Mago estava se vingando. Ele não ia aceitar ter passado por toda aquela doença e tanta humilhação sem castigar Roger. Então decidiu que a pior coisa que poderia fazer, que era também a melhor coisa que poderia fazer, seria tirar do rapaz seu saco de Pó Mágico. Desse modo, Roger seria punido como merecia — e seria forçado, quisesse ou não, a parar de perder tempo com besteiras e a prosseguir em sua busca. Isso explica a difícil situação em que Roger se viu de repente.

"*Ha-ha-ha*!", gargalhou Tom estrepitosamente. "Estou quase *ha-ha-ha* morrendo *ha-ha-ha* de rir *ha-ha-ha*. Veja se faz *ha-ha-ha* alguma coisa *ha-ha-ha*."

Só então foi que Roger se lembrou do que deveria fazer num momento como aquele. Com o maior cuidado, fez chover sobre si dez flocos da sobra do Pó Mágico. Virou no mesmo instante um sapo. No mesmo instante, Tom parou de rir.

"Que é que eu sou?", Roger perguntou a Tom. Como

ele ficava dentro de fosse qual fosse a criatura em que se transformava, não tinha como saber o que era.

"Um sapo", disse Tom.

"Mas que droga! Que droga! Que droga!", disse Roger. "Estava esperando que fosse virar alguma coisa inteligente, capaz de pensar. Como uma velha e sábia coruja."

"Mas por que você gostaria de pensar, com um dia assim tão lindo?"

Roger então contou-lhe a respeito do Pó Mágico. "O que vou fazer?", Roger perguntou ao amigo.

"*O que* você vai fazer? O que *você* vai fazer? O que você *vai* fazer? O que você vai *fazer*?" Tendo esgotado todas as maneiras de se repetir, Tom olhou para o céu como se deste esperasse ouvir o que Roger ia fazer.

Dez minutos depois, baixou os olhos. "*Eu* sei", disse com um sorriso de autoconfiança. Sempre que Tom estava numa situação de superioridade em relação a Roger, gostava de fazê-la render.

"O quê? *O quê?*", insistiu Roger.

Tom franziu a testa, apertou os lábios e pressionou o dedo indicador levantado contra o queixo. "Você precisa tomar uma decisão."

"Uma decisão?", gemeu Roger. "Mas eu nunca tomei uma decisão."

"Para tudo há uma primeira vez."

"Nunca *tive* que tomar uma decisão até hoje."

"Encare isso como um desafio", disse Tom, por entre os lábios apertados.

"Como se faz para tomar uma decisão?", perguntou Roger.

Tom ia começar a dizer alguma coisa e parou. Logo começou a dizer alguma coisa e parou de novo. Afinal, sem saber o que ia dizer, acabou dizendo o que saiu. "Você simplesmente... Você junta todas as... Você pensa dessa e daquela maneira... Você faz uma lista... Você pesa as alternativas..." Tom ficou quieto. "Sou um homem do campo", disse, finalmente. "Nunca tive que tomar uma decisão. O esperado é que pessoas como você a tomem por mim."

"E se eu tomar uma, e for errada?"

"Não sou entendido no assunto, mas, se uma decisão não funciona, imagino que você tenha de tomar outra."

"Uma *segunda* decisão?", gritou Roger em pânico.

"Não sou entendido no assunto, mas imagino que você tenha de continuar tomando decisões até que uma delas dê certo."

"Isso poderia levar *anos*!", disse Roger, o Sapo.

"É mais uma razão por que eu não tomo decisões."

"Mas se eu não tomar uma, o que acontece?"

Tom deu uma risadinha. "Você vai acabar seu estoque de Pó Mágico."

"E então?"

"Todo mundo vai morrer de rir de você, ou seja, rir até morrer. Eu inclusive." Tom começou a rir por antecipação.

"Neste caso, não tenho outra escolha, não é mesmo?"

Tom parou de rir. "Desculpe, mas isso é tudo que minha cabeça pode dar. Não estou acostumado a pensar tanto."

"Estou exausto", disse Roger.

Tom foi taxativo: "Você e eu. Os dois".

Os dois amigos, homem e sapo, fecharam os olhos. Roger estava tentando pensar. Enquanto esperava, Tom exercitou-se em franzir a testa e apertar os lábios.

9
Adeus à Floresta Para Sempre

Depois de pensar uma semana sem chegar a resultado algum, Roger resolveu que tinha de chegar a algum lugar, e que esse lugar ficava fora da Floresta Para Sempre. Porque, se tal não acontecesse, seus amigos queridos, inclusive o maior amigo que ele tinha no mundo, Tom, iriam literalmente morrer de riso a partir do momento em que lhe faltasse o Pó Mágico. E isso era uma questão de um ou dois dias mais. Então Roger compôs uma mensagem que pediu insistentemente a Tom para memorizar, a fim de que o amigo pudesse transmiti-la ao pessoal da Para Sempre.

"Tenho que tomar uma decisão", Tom recitou para os habitantes da floresta reunidos, repetindo palavra por palavra a mensagem composta por Roger. "Preciso ficar só para tomar minha decisão. Não posso tornar a vê-los até ter tomado minha decisão. Nesse meio-tempo, afastem-se, por favor, para o interior da Floresta, um quilômetro e meio pelo menos. Não voltem até Tom dizer que podem. Quando for a hora, direi a Tom e ele dirá a vocês. Ele ficará sabendo logo que eu souber, e vocês depois dele. Peço que me desculpem o transtorno causado e que não fiquem zangados comigo, embora saiba que não conseguiriam ficar. Assinado: Seu amigo, Roger."

Roger agora estava mais só do que se lembrava de jamais ter estado antes, até mesmo quando vivia na torre. Sentou-se à beira de um riacho, com o olhar perdido nos seus dedos dos pés dentro d'água. Tentou, tentou a fundo, chegar a uma decisão, mas tudo que conseguiu pensar foi como ficavam engraçados seus dedos dos pés vistos debaixo d'água, parecendo dez minhocas alinhadas para uma corrida.

Levou horas pensando nos dedos dos pés, como pareciam tolos, o dedinho mais tolo do que qualquer outro, a gente diria que foi acrescentado ao pé na última hora. Se o seu dedinho estivesse no lado oposto do pé, teria um ar menos tolo? Pensou. Pensou. Se os dedos do pé estivessem em ordem inversa, isso faria com que ele andasse de costas e não para a frente? Pensou. Pensou. E de repente pensou: se fosse andando de costas, seria possível que conseguisse sair da Floresta Para Sempre?

"Quando ando para a frente", pensou, "a Floresta Para Sempre vai ficando cada vez mais profunda, então se eu andar de costas, quem sabe não acontece o contrário? E se não acontece, por que não acontece?" Sem saber como havia chegado a tanto — e certamente sem tê-lo planejado — Roger descobriu que havia tomado uma decisão. A primeiríssima de sua vida.

Retirou os pés da água e sacudiu-os para secarem. Em seguida calçou as botas e deu um passo movendo-se de costas. Depois um segundo passo. Depois um terceiro. Sentiu-se tentado a olhar para trás a fim de ver aonde estava indo, mas tomou uma segunda decisão que era a seguinte: *Não faça isso*. Passou o resto daquele dia caminhando de costas. E o dia seguinte inteiro, o dia seguinte ao dia seguinte, e o dia seguinte ao dia seguinte ao dia seguinte também. Ao fim do quinto dia de marcha à ré notou uma diferença no terreno que estava pisando: seus pés já não caminhavam sobre mato mas sobre pedra. "Pedra?", pensou. Mas não olhou para trás. Olhou em frente. O caminho por onde acabava de passar recebia em cheio os raios solares. A luz do sol não sofria bloqueio algum, nenhuma obstrução, experiência de que Roger vinha sendo privado fazia anos. Nem árvores projetando sombras, nem arbustos, nem sarças, nem flores, nem dosséis criados pelas ramagens espessas dos pinheiros com seu cheiro úmido.

Verdes de espécie alguma! Verdes em parte alguma! "Será que devo olhar para trás?", pensou. Melhor não. E prosseguiu com a marcha à ré. O sol batia com toda a força em cima dele, e isso era algo a que não estava acostumado. Vivera na sombra durante três anos.

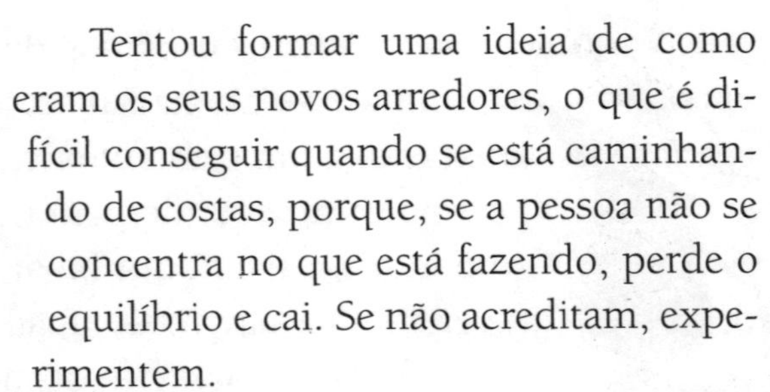

Tentou formar uma ideia de como eram os seus novos arredores, o que é difícil conseguir quando se está caminhando de costas, porque, se a pessoa não se concentra no que está fazendo, perde o equilíbrio e cai. Se não acreditam, experimentem.

Roger experimentou e achou difícil. Esteve por cair algumas vezes, até que resolveu parar um momento e dar uma olhada. Uma olhadinha para o lado, depois uma olhadinha de esguelha, absolutamente mínima, para trás. Outra olhada, mais a olhadinha de esguelha, mais outro passo. E assim por diante. Até chegar a formar uma ideia bem razoável de onde se achava. Achava-se em lugar nenhum.

Recuara, recuara, recuara até ir dar em pleno lugar nenhum. Nada para se ver em toda parte a não ser pedra. Pedra cinzenta contínua. Pedra marrom contínua. À medida que prosseguia com a marcha à ré, ia pensando: "Que piada! Deixei a Floresta Para Sempre pela Pedra Para Sempre. Sabe-se lá se jamais voltarei a ver meus amigos".

Se houvesse alguém para ver, ele teria visto, porque, em qualquer direção que olhasse, o terreno era plano, contínuo, aberto — pedra e mais pedra. Não havia nada para ser visto. Nem pessoa, nem castelo, nem cabana, nem uma árvore, nem um arbusto, nem um passarinho. Só pedras e mais pedras. Plano e contínuo até o mais longe que os olhos conseguiam ver. Aparentemente em todas as direções, se bem que Roger não podia ter certeza de tal coisa, pois, para tanto, teria de dar meia-volta com o corpo, e isso ele não faria — por medo. Tinha medo de voltar-se e dar com a Floresta Para Sempre na sua frente.

Era absurdo, mas, de qualquer maneira, acreditava nessa possibilidade. Fosse o que fosse que lhe dissessem seus olhos, acreditava que atrás dele continuava a haver uma floresta. E o único jeito de permanecer fora dela era caminhar de costas. Foi o que fez, pelo resto daquele dia e prosseguindo noite adentro, embora se sentisse fraco e faminto, e nada lhe agradaria tanto quanto estirar-se para deitar e dormir no último trecho de pedra pisado por seus passos em marcha à ré.

Mas não. Não seria capaz. A noite foi escurecendo. O ar começou a esfriar. Roger não apenas estava cansado e fraco e faminto, mas sentia o frio doer-lhe nos ossos, congelando-o. Tiritava. Isso o divertiu, porque era a primeira vez que os dentes batiam assim. Ouvir o ritmo de seus dentes fez com que esquecesse o frio: acelerado, depois lento, depois trocando a batida. Roger sentia o corpo inteiro, e os dentes em particular, como se fossem um instrumento musical. Tic-atictic tic atíquete-tic-tic. Mais rápido. Mais lento. Misturando os andamentos. Tic-tic tíquete-tic. Que divertido! Roger estava justamente começando a entrar numa espécie de *scherzo* para percussão dentária — som fantástico, realmente! — quando, ao dar um passo para trás, o pé encontrou o vazio à beira de um penhasco e lá se foi Roger despenhadeiro abaixo.

Levou uma hora até conseguir parar de rir. E por que não? Estava vivo! Balançando pendurado de uma estreita saliência de rocha uns trinta metros mais abaixo do penhasco de que involuntariamente saltara para o vazio — nada que pudesse fazer! Por sorte sua, a queda fora interrompida quando a túnica que vestia enfunou-se com o deslocamento no ar e prendeu-se nessa rocha salva-vidas.

Do contrário: direto ao fundo do abismo — splat! — como tantos personagens gaiatos dos desenhos animados. Só que não estaria vivo na próxima cena, porque isto aqui é um livro e não um desenho animado, portanto eu preciso ser mais realista.

Para lá e para cá, ficou balançando no espaço, num ritmo que era sincopado com o tiritar de seus dentes. Para lá e para cá, para a frente e para trás, o corpo em pêndulo, os dentes vibrando em sincronia. Na escuridão da noite, sem a menor noção de onde se encontrava — a que altura? —, Roger sentiu-se estranhamente seguro, como um bebê embalado no berço. É bem verdade que estava exausto, e sua vida por um fio. Mesmo assim, adormeceu com um sorriso no rosto.

10
Lady Sarita

"Você aí embaixo! Você, isso mesmo! É com você que estou falando!"

Roger foi acordado exatamente assim. Por uma mulher de aparência simples e fala franca que se chamava Lady Sarita e

que lá estava em pé à beira do penhasco a observar o belo nascer do sol (que Roger perdeu por completo por ter adormecido logo).

Lady Sarita servia à Princesa Petúlia, de quem se alegava ser estonteantemente bela. *Alegar* é termo jurídico. Muito usado por advogados: o alegado arrombador de cofres, o alegado contrabandista de diamantes, o alegado assaltante. Significa que isso é o que certas pessoas julgam ser verdade, embora ninguém ainda o tenha provado. Ninguém podia provar que a Princesa Petúlia fosse estonteantemente bela porque ninguém tinha olhado seu rosto de perto desde que era um bebê. Ela usava um véu. Tirado esse véu, costumavam dizer, a beleza que se revelava era tão fantástica que o homem que a contemplasse viraria pedra no mesmo instante. Mas ninguém jamais vira como era Petúlia por trás do véu. Assim, apesar de todo mundo em seu reino falar dessa beleza que petrificava, não havia prova alguma.

E por que estou contando isso para vocês agora, justo quando Roger em apuros balança nas alturas e, de qualquer forma, é um assunto que só vai ser tratado mais adiante na história? Acho que estava tentando explicar por que Petúlia era uma *alegada* beldade. Espero ter conseguido. Bem, onde é que eu estava mesmo? Ah! sim. Roger acordou com essa estranha mulher que lá de cima, aos gritos, dirigia-se a ele, embaixo, pendurado sobre o abismo pelo pano de sua túnica que ficara preso ao penhasco.

No mesmo instante Roger deu-se conta do perigo que corria. Estava escuro quando ele, caminhando de costas, dera um passo no vazio e despencara penhasco abaixo, e assim não havia dado para ver a profundidade da queda interrompida nem o quanto ainda lhe restava de vazio se tivesse que cair até o fim. Estava, então, cansado demais para se preocupar com isso. Mas agora, depois de uma noite bem-dormida, repousara o suficiente para ter uma ideia clara de sua situação.

Deem uma olhada e vocês também vão poder avaliar a situação dele.

Em sua maneira de ser, simples e franca, Lady Sarita não estava ligando a mínima para a situação de Roger. Tinha seus próprios problemas em que pensar. Bem nesse instante, o problema dela era que, quando de pé na beirada do penhasco para admirar o nascer do sol, deixara cair um lindíssimo colar com que a presenteara sua princesa (alegadamente) estonteantemente bela. O colar havia se precipitado penhasco abaixo e terminara pendurando-se no pescoço de Roger. Onde agora se achava, balançando junto com ele. Para lá e para cá, para a frente e para trás. "Se você me entregar meu colar, vou poder ir embora", gritou Lady Sarita.

"Se pudesse, entregaria, mas não posso!", gritou Roger em resposta. "Porque caí do alto de um penhasco e não consigo subir."

"Uma história plausível, está se vendo", comentou Lady Sarita fazendo troça.

"Não tenho culpa", disse Roger.

Estava coberto de razão, é claro. A culpa foi *minha*. E, uma vez que o envolvi nessa encrenca, fiz entrar Lady Sarita para ajudá-lo. Não que ela estivesse interessada em salvar Roger. Mas bem que queria recuperar seu colar.

Anos antes, quando ainda não havia se tornado uma lady, Lady Sarita trabalhara caminhando sobre a corda bamba num circo. Apesar de ter subido tanto na vida — nada menos que dama de companhia de uma princesa estonteantemente bela —, para onde quer que fosse carregava consigo seu antigo instrumento de trabalho. Com a ágil perícia de seus punhos amarrou uma das pontas da corda a uma pedra no alto do penhasco e jogou o restante da corda para que fosse apanhado, embaixo, por Roger. "Prenda o colar à corda, que eu o puxarei e farei que chegue aqui em cima!", gritou ela.

"Posso me prender eu mesmo à corda, e assim você nos puxa os dois até aí em cima!", berrou-lhe Roger.

"Você não é capaz de fazer como eu estou pedindo?", queixou-se Lady Sarita.

"Por que lhe daria eu o seu colar se você não me puxar para cima?", esgoelou-se Roger.

"Por que não me daria você o meu colar se ele não lhe pertence?", rebateu igualmente aos gritos Lady Sarita.

"Foi *você* quem deixou cair!", retrucou Roger.

"Que prazer você pode ter em usar meu colar, estando assim pendurado numa saliência do penhasco?", argumentou Lady Sarita. "Por que, com os homens, tudo tem de ser tão complicado?"

"Não acredito que você queira seu colar tanto quanto diz", insistiu Roger. "Senão, me puxaria até aí em cima."

"Claro que quero, ele é meu!" Lágrimas de frustração marejavam nos olhos de Lady Sarita.

"Mas sou eu quem o está usando, logo ele é meu." Roger parecia mais determinado do que nunca.

"Mas tornará a ser meu se você o prender à ponta da corda!", gritou Lady Sarita.

"A única maneira de tornar a ser seu colar é eu me prender *junto com ele* à ponta da corda!", Roger gritou em resposta.

"Você e o colar juntos ficam muito pesados. Primeiro deixe subir o colar, que depois eu faço força e puxo você."

O que Roger não estava percebendo era que, pela primeira vez em sua vida, negociava. Sendo de sangue azul, não precisava negociar, o que quisesse conseguia. Mas agora estava aprendendo depressa: se a gente tem algo que alguém quer, como, por exemplo, um colar, e esse alguém tem algo que a gente quer, como, por exemplo, uma corda, a gente negocia, barganha, avança e recua, avança e recua até chegar a um acordo.

Lady Sarita era uma barganhista implacável, mas Roger levou a melhor. Se ela corria o risco de perder seu colar, sobre ele pairava a ameaça de cair de ponta-cabeça no leito do cânion. Em suma, ele estava barganhando sua vida. De qualquer modo, a negociação estendeu-se até o meio da tarde, quando então ela cedeu. Mas não cedeu de bom grado, nem um pouco.

Enquanto ia puxando a corda e Roger escalava o penhasco a pique, Lady Sarita murmurava para si própria: "A pessoa menos razoável, mais irritante, mais desagradável que já me foi dada a má sorte de conhecer em toda a minha vida! Assim que ele estiver chegando aqui em cima, apanharei meu colar e empurrarei a criatura de volta para o abismo". Bem, ela não tinha de fato essa intenção, estava só furiosa por ter sido vencida. E continuou furiosa até dar o último puxão na corda e ver-se cara a cara com Roger. Nesse momento, Lady Sarita estourou numa gargalhada sem fim, que só conseguiu segurar depois de Roger ter se lembrado de seu Pó Mágico e de ter feito cair sobre si próprio uma quantidade mínima do que dele restava.

Assim que parou de rir, Lady Sarita olhou em seu redor, mas não viu nem sinal de Roger. "A vergonha é tanta que nem se atreve a mostrar a cara em público!", gritou para os céus. Após o quê, retirou o colar do pescoço daquela gracinha de filhote de Labrador que estava sentado abanando o rabo para ela, e saiu empertigando-se caminho de pedras afora.

11
A Divisa Perversa

Pedras. Pedras grandes. Pedras pequenas. Pedras médias. Nada a não ser pedras até onde dava para enxergar no horizonte, e esse limite, para quem olhasse numa certa direção, era o penhasco de que Roger havia despencado. Distante dele quase um quilômetro, no lado oposto do cânion, erguia-se uma outra montanha. Mais pedras, grandes, pequenas, médias. E depois disso um precipício, outro cânion, outra montanha, e ainda mais pedras. Não era de admirar que o lugar fosse conhecido como a Divisa Perversa. Uma vez dentro, impossível sair. A menos que se fosse um pássaro. Mas nenhum pássaro ia para a Divisa Perversa. Porque os pássaros não conseguem se alimentar de pedras. E outra coisa não havia na Divisa Perversa. Nem árvores, nem campos, nem rios, nem vegetação. Só pedras.

As pessoas não estão mais capacitadas do que os pássaros nisso de comer pedras. Roger sentia fome. Com dez dias passados na Divisa Perversa, ele havia perdido peso, suas cores desapareceram, ele se tornara cinzento. Olhando para ele, vocês diriam que era uma pedrinha alta e fina. Seu bom humor continuava inalterado apesar disso, mas o alcance dos seus efeitos diminuíra. Assim, ele foi capaz de aproximar-se cerca de trinta metros de Lady Sarita sem provocar-lhe o riso. Nem sequer um sorriso. Mais uns poucos metros e ela teria cedido à magia, ou ao que desta restava no corpo mal nutrido de Roger. Mas naquele momento ela se reclinava à sombra de uma grande rocha, mascando uma pedrinha a título de alimento. Não tinha o menor indício de que Roger pudesse estar tão próximo, do contrário não teria falado como falava, ali, com a pedra que estava roendo. "Você nem de longe é saborosa como a pedra que eu masquei ontem. Aquela era uma pedra de primeiríssima! Fresca como o orvalho da manhã. Não digo que você seja a pior pedra em que já meti os dentes, mas eu sou uma mulher franca e devo dizer que você jamais conseguirá enganar ninguém, ninguém se deixará iludir pensando em você como numa pedra de primeira ordem."

"Lady Sarita!", chamou-a Roger de uma distância de exatamente trinta metros. "Temos que sair daqui, se não morreremos!"

"Não gosto de falar enquanto estou comendo!", respondeu-lhe ela, cortante. Mas não estava de fato comendo, e não havia como disfarçar isso. "Então apareceu, finalmente! Por que está parado aí, tão longe? Onde andou se escondendo este tempo todo? Está com medo de que eu te coma?" Atirou longe a pedra que estava mordiscando. Na verdade, atirou-a em Roger, mas não acertou o alvo.

"Não me escondi. Eu era o cachorrinho Labrador. E se der mais um passo na sua direção, você vai começar a rir!"

"Não me faça rir!", disse Lady Sarita debochativamente.

"Não farei", disse Roger, "a menos que chegue mais perto de você, o que não será uma boa ideia, porque, se você estiver rindo, como poderemos conversar sobre a necessidade que eu tenho de sair daqui?"

"Você não é o único que tem necessidade de sair daqui", disse Lady Sarita.

"Claro, mas você só precisa sair daqui por um desejo de sobrevivência, ao passo que eu tenho de sair daqui porque estou incumbido de uma busca."

"Eu tenho de sair daqui porque preciso encontrar um cavaleiro ou um príncipe ou alguém assim que salve minha princesa, a Princesa Petúlia, que é estonteantemente bela e foi raptada por um gigante."

"Está me parecendo que isso poderia ser uma busca!", disse Roger, espantado com haver outra busca em ação ao mesmo tempo que a sua.

"Você é um cavaleiro?", perguntou, em tom de desafio, Lady Sarita. Ela sabia que ele não o era.

"Não", disse Roger.

"Você é um príncipe?", continuou Lady Sarita com o tom de desafio. Ela sabia que ele não o era.

"Sou, sou um príncipe."

"Você não é príncipe coisa nenhuma."

"Sou, fique sabendo", insistiu Roger.

"Você quer dizer que se chama Príncipe quando é um cachorrinho labrador? Aqui, Príncipe! Muito bem, Príncipe. Sente-se, Príncipe. Role, Príncipe. Esse tipo de príncipe? Não estou interessada, obrigada!", resmungou Lady Sarita.

"Nasci príncipe e morrerei príncipe. Só que venho atravessando uma fase de má sorte ultimamente. Meu nome é Roger."

"O príncipe que faz todo mundo rir?"

"Sou o próprio."

"Você não me faz rir. Acho que está mentindo."

"Se eu chegasse mais perto, você iria rir."

"Não, não riria."

"Riria, sim, senhora." E então Roger chegou mais perto e Lady Sarita riu. "Você riu", disse Roger.

"Ri da ideia ridícula de que você possa ser um príncipe. Foi por isso que eu ri. E não fique pensando que tenha sido por nenhuma outra razão."

Roger suspirou. "Nunca vi ninguém que gostasse tanto de discutir."

"Não se trata de discutir", discutiu Lady Sarita. "O que eu sou é franca, só isso. Nasci sem nada de especial e fui criada dizendo as coisas como são. Se tivesse nascido bonita, como a Princesa Petúlia, poderia me impor na vida sem ser franca. Mas não nasci assim, e não posso e não vou ser de outro jeito."

Roger examinou Lady Sarita. "Para dizer a verdade, você até que é... hã... bonita."

"Sou um tipo comum, e não me venha dizer outra coisa!" Lady Sarita encarou Roger com sua maneira direta, mas, desta vez, não discutiu. Roger estava agradecido pelo silêncio. Quando ela tornou a falar, o tom veio diferente e a própria maneira de ser também estava diferente. Mais suave. "Há vezes em que uma certa luz pode me tornar bonita. Deixe-me ver." Ela consultou o céu, verificou a posição do sol e o comprimento das sombras projetadas pelas escarpas denteadas das rochas. "É, num a hora assim como esta, um certo tipo de luz parecido costuma me deixar mais ou menos bonita. Bonita, quero dizer, na medida em que eu posso ser... Quase. Não exatamente. Beirando. Pronto, já a luz se foi. Tudo bem, agora volto à minha aparência de sempre. Comum."

Roger não viu nenhum a diferença entre a luz daquele momento e a luz de um minuto atrás. Para ele, Lady Sarita continuava rigorosamente a mesma.

"Acho que você tem uma aparência física perfeitamente razoável", disse Roger.

"Não gosto de discutir minha aparência física. Você acha que eu tenho uma aparência física perfeitamente razoável?"

"Digo isso sem a menor dúvida."

"Não me acha um tipo comum?"

"É a última coisa que eu diria para definir você."

"'Perfeitamente razoável' é o que você diria para me definir?"

"'Perfeitamente razoável' estaria perfeito", disse Roger.

Lady Sarita franziu a testa. "Não sei se não ficaria melhor eu ser autenticamente comum em vez de apenas perfeitamente razoável." Toda a suavidade que Roger notara pouco antes havia desaparecido. Como num passe de mágica. Como quando ele virou um filhote de Labrador.

Roger deu um suspiro. "Melhor a gente ir pensando num meio de sair daqui."

12
Adeus à Divisa Perversa

Quanto tempo uma pessoa aguenta ficar chupando pedras sem sentir-se desanimada? Não muito. Em duas semanas, a Divisa Perversa deixou Roger e Lady Sarita tão magros que mais pareciam cabides com roupas dependuradas.

E estavam com bem menos vontade de conversar. Também, não precisavam falar muito. Que restava para ser dito? Iam seguindo o caminho da morte. Mas sem pressa. Sem que a pressa fosse tanta, em todo caso, que os impedisse de fazer planos sobre como não morrer.

"Você é uma especialista em caminhar na corda bamba, certo?", Roger disse certa manhã, enquanto fazia uma triagem das pedras, para descobrir uma que fosse boa.

"Fui", disse Lady Sarita. "Mas isso foi antes de eu me tornar dama de companhia." Ela apanhou uma pedra que Roger tinha descartado. "Você é tão cheio de exigências", disse, e começou a mascar a pedra.

"Que tal se lançássemos sua corda para atravessar a Divisa Perversa até o outro lado e você então caminhasse sobre ela de uma ponta à outra, e, lá chegando, me puxasse para cima? Que acha deste plano?"

"Horrível", disse Lady Sarita na mesma hora. "Que história é essa de ser sempre eu que tenho de te salvar, e não o contrário?"

Roger riu. Ele sempre achava graça na franqueza de Lady Sarita.

"Eu não seria capaz de lançar uma corda quase um quilômetro adiante, você também não!", disse Lady Sarita com impaciência. "E mesmo que eu conseguisse, ou que você conseguisse, eu lhe pergunto: quem estaria do outro lado para prendê-la a fim de que ficasse bem retesada e desse para eu caminhar em cima? Isto é, claro, se eu tivesse forças para caminhar, o que não tenho."

"Você tem razão", disse Roger com um suspiro. "Tudo bem. Agora é sua vez."

"Minha vez de quê?"

"De bolar um plano. Por que será que sou sempre eu que tenho de bolar todos os planos?"

"Não tenho um plano porque não tenho imaginação. Sou franca demais, com bom-senso demais, e ainda bem, devo dizer, porque os seus planos não nos levam a nada."

"Você não acharia que eles são tão horríveis se eu bolasse um que funcionasse."

"Se você fizesse isso, eu ficaria agradavelmente surpreendida. E eu nunca fico agradavelmente surpreendida. Sempre que fico surpreendida, fico *desagradavelmente* surpreendida. Como quando o gigante fugiu levando a Princesa Petúlia: essa foi uma surpresa desagradável. E quando saí à procura de um cavaleiro ou de um príncipe para salvá-la e me vi aqui encurralada na Divisa Perversa. Outra surpresa desagradável. E aí conheci você."

"Eu sou uma surpresa desagradável?", perguntou Roger, esperando que não fosse.

"Posso ser franca, mas não tão franca assim que seja capaz de lhe jogar um insulto na cara."

"Obrigado", disse Roger, considerando-se lisonjeado.

Lady Sarita ficou em silêncio chupando sua pedra. Ela não sabia o que fazer com o "Obrigado" de Roger. Ninguém jamais havia lhe feito um agradecimento em toda a sua vida. Passara a existência sem que nem uma única vez sequer tivesse sido levada a dizer "Não há de quê". Até conhecer Roger. "Não há de quê", resmungou.

Mas Roger não ouviu. Seu pensamento estava voando. "Me diga uma coisa, você acha que minha busca poderia consistir no salvamento de Petúlia?"

Com sua franqueza habitual Lady Sarita estava a ponto de dizer: "Você está maluco?", aí se lembrou do "Obrigado" de Roger e conteve-se.

"Talvez nós dois nos tenhamos conhecido para que eu pudesse ficar sabendo sobre a Princesa Petúlia, que salvarei do gigante, e ela levantará seu véu, e vai rir quando me vir, e eu não virarei pedra, e nós nos casaremos. Que é que você acha disso?"

"Não há de quê", disse Lady Sarita pela segunda vez em sua vida, incapaz de pensar em algo para dizer que não fosse um insulto.

"Tenho um plano!", exultou Roger.

"Não!", gemeu Lady Sarita em desespero.

Era o último plano de Roger, mas deveria ter sido o primeiro. Era tão simples que ele não conseguia imaginar por que cargas-d'água não o bolara antes. Seu Pó Mágico!

O saco estava quase vazio, a não ser por uma sobra de cerca de duas pitadas. O suficiente para jogar em si mesmo e — se ainda ficasse um restinho — em Lady Sarita. Mas havia um problema: se usasse o pó primeiro em si próprio, uma vez transformado em fosse o que fosse não teria condições de jogá-lo em Lady Sarita. Melhor, portanto, seria jogar nela primeiro, pensou, e tentar guardar um finalzinho para seu uso próprio.

Esse plano parecia de inteiro bom-senso para Roger. Não lhe ocorrera que havia posto os interesses de Lady Sarita na frente dos seus. Era a primeira vez que isso acontecia. Um dia marcado pelas primeiras vezes: a primeira vez que Roger manifestava consideração por alguém que não fosse ele próprio, a primeira vez que Lady Sarita dizia "Não há de quê".

Bem, quando a gente mostra consideração para com outras pessoas, daí surge todo um novo conjunto de problemas. Pensando bem, Roger compreendeu que, se fosse explicar a Lady Sarita que desejava jogar nela o Pó Mágico para transformá-la em algo ou em alguém com chance de escapar da Divisa Perversa, a consequência seria uma só: discutiriam longamente e em vão. Uma discussão que divertiria Roger, enfureceria Lady Sarita e não levaria a parte alguma. Roger sentia-se sem força para insistir em caminhos que não levavam a parte alguma, portanto fez o que fazem muitas pessoas bem-intencionadas, inclusive os pais da gente: tomou a decisão *por* Lady Sarita. Sem consultá-la. Pelas costas, enquanto ela chupava com fortes ruídos uma pedra inteiramente seca, ruídos que eram como verdadeiras marretadas, Roger pegou o que restava do pó — menos os últimos, ultimíssimos flocos —, correu os trinta metros até onde ela estava toda encolhida e fez chover os parcos agentes mágicos sobre aquele corpo tão frágil e tão mísero.

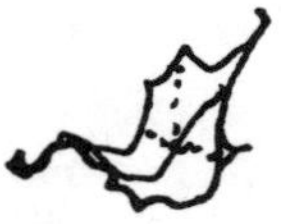

Sem mais nem menos, uma forte rajada de vento soprou vinda do Leste. "Um bafejo da sorte", pensou Roger, já que Lady Sarita tinha se transformado numa folha de árvore.

"Que foi que você fez comigo?", gritou a folha, indignada, enquanto o vento, levantando-a bem alto nos ares, torcia-a numa e noutra direção, por fim empurrou-a para as nuvens, e sempre para diante, até que ultrapassou a montanha e sumiu.

"Espere por mim!", gritou Roger, e esvaziou o saco despejando em si mesmo o conteúdo que nele restara. Três flocos caíram: um na sua cabeça descabelada, um no cotovelo direito, onde o pano da túnica se achava bastante puído, e o outro no dedão do pé, que saía pelo buraco na sua bota surrada. Três flocos não eram lá grande coisa, o que talvez explique a demora de um minuto e meio que Roger teve que esperar para transformar-se em... um o quê? Se olhado por certo ângulo, dir-se-ia um grande ovo, de uma cor cinza lamacenta, todo com espinhos. Olhado de um ângulo diferente, era uma pedra. De um terceiro ângulo, parecia ser um amontoado de barro, com mescla de vários tons. Fosse o que fosse, não era nada que pudesse ser carregado para longe pelo vento. Ia ficar encalhado para todo o sempre na Divisa Perversa.

"Não!", gritou Roger de dentro da pedra ou ovo ou amontoado de barro. "Eu era para ser uma folha e ser soprado para longe com Lady Sarita e descobrir a Princesa Petúlia, matar o gigante, salvar a princesa, casar com ela e dar fim a esta busca terrível e interminável! Não posso ser isto que sei lá o que é e pesa uma tonelada e é incapaz de sair do lugar. Não! Não!" Roger estava furioso. Sentiu-se traído pelo Pó Mágico. A enormidade dessa traição deu-lhe vontade de saltar, de tanta raiva e frustração. Só que não havia ali nenhum Roger para dar os saltos, havia apenas uma pedra. Ou, visto de um outro ângulo, um ovo. Ou um amontoado de barro. O ovo, pedra ou amontoado de barro saltou. Não muito. Qual o deslocamento que se pode esperar do salto de alguma coisa que é um amontoado de barro, uma pedra ou um ovo? Mas avançou três centímetros. E, uma hora depois, mais três centímetros; passadas doze horas, mais doze vezes três centímetros, cada um desses avanços contribuindo para ele chegar mais perto da beirada do penhasco. Porque era essa a meta de seus esforços. Estava decidido a avançar além da beirada. Ir ao encontro de seu destino, qualquer que ele acabasse sendo. Chegar ao fundo.

Foram necessárias três semanas e cinco dias para Roger, a Pedra — ou o Ovo ou o Amontoado de Barro —, alcançar a beirada do penhasco. Ficou ali balançando. Embaixo — cento e cinquenta metros de profundidade — estendia-se um cânion, que visto daquela altura tinha a largura de um lápis, com um fiapo de rio no meio. Roger não entendeu como era que sabia disso. Ele parecia estar, ao mesmo tempo, dentro e fora da pedra ou ovo ou amontoado de barro. Mas era capaz de localizar-se exatamente. Sabia que, com um pouco mais de esforço, conseguiria o impulso necessário para o empurrãozinho que faltava. Aí despencaria penhasco abaixo. Pensou: "Se tive força de vontade suficiente para me arrastar até esta beirada, ela não me faltará para que eu caia onde tenho que cair". Mas como, com toda a força de vontade do mundo, poderia ele controlar a queda e ir pousar num rio tão estreito e tão longe, em vez de bater em cheio contra as pedras lá embaixo, espatifando-se num milhão de pedacinhos? "A razão é simples: porque estou numa busca", pensou Roger.

Mas a esse pensamento sobrepôs-se imediatamente um outro. "Que busca?" Roger continuava sem conhecer ao certo a exata natureza de sua busca. Consistiria de fato em salvar do gigante a Princesa Petúlia? Essa era uma busca, nem se discute, a busca de *alguém*, sem a menor dúvida. Mas como saber se era a sua? Talvez fosse a busca de Lady Sarita. Havia buscas confiadas a moças? Impossível! Somente reis, príncipes e cavaleiros encarregavam-se de buscas. E eles se empenhavam cada qual na sua busca. Como Roger, nesse momento. Sim, mas em que busca? Talvez a busca confiada a Roger fosse transformar Lady Sarita numa folha de árvore a ser soprada para fora da Divisa Perversa a fim de salvar-se! E, então, a busca estaria terminada. Ele poderia voltar para casa agora. Mas como saber?

Sua busca consistiria, afinal, em salvar Lady Sarita? Ou a Princesa Petúlia? Era como um truque de cartas. Escolha uma busca, qualquer uma. Não diga qual é. Ponha-a de novo no baralho.

Além do mais, como podia saber se Lady Sarita fora salva? Talvez estivesse depositada numa pilha de folhas no fundo do cânion. Poderia ter sido apanhada num redemoinho e impelida para dezenas de metros de distância desse mesmo penhasco em cujo topo Roger balançava, vacilante.

A possibilidade de que Lady Sarita necessitasse de um salvamento suplementar tornava Roger ansioso num nível que estourava os limites suportáveis para ele. Todo o Pó Mágico, com exceção de uma última pitada, fora gasto para fazê-la sair dessa situação difícil. E se ela não houvesse escapado, se estivesse noutra situação difícil? Da mesma forma que ele, tendo escapado da armadilha da Floresta Para Sempre, fora cair na armadilha da Divisa Perversa. Armadilhas, uma após outra. E depois, haveria mais armadilhas à sua espera? Uma vida inteira de armadilhas enfileiradas! Venceria a primeira contra todas as probabilidades para em seguida ver-se frente a frente com novas impossibilidades, uma segunda, uma terceira, uma quarta, e assim por diante?

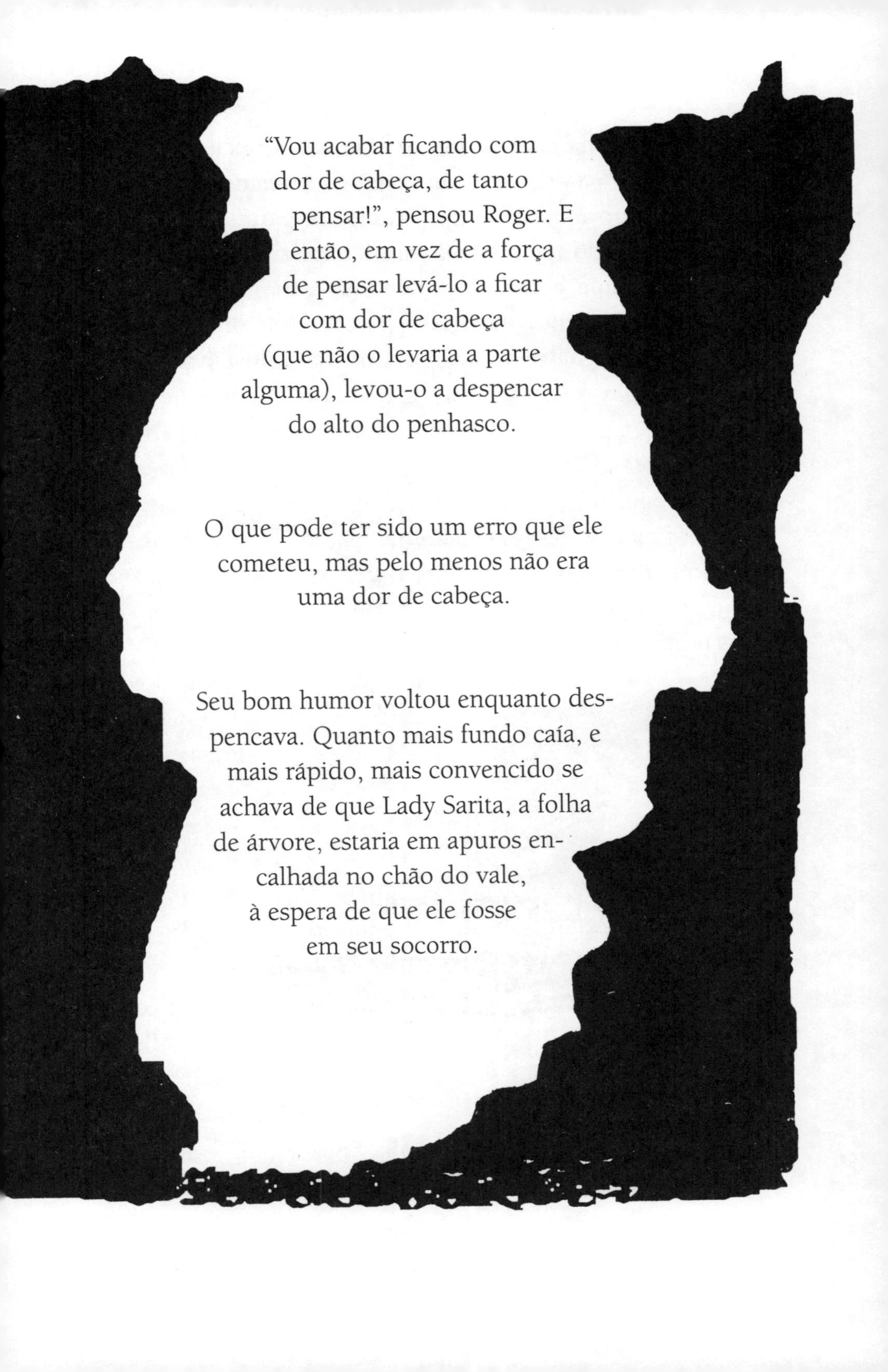

"Vou acabar ficando com
dor de cabeça, de tanto
pensar!", pensou Roger. E
então, em vez de a força
de pensar levá-lo a ficar
com dor de cabeça
(que não o levaria a parte
alguma), levou-o a despencar
do alto do penhasco.

O que pode ter sido um erro que ele
cometeu, mas pelo menos não era
uma dor de cabeça.

Seu bom humor voltou enquanto despencava. Quanto mais fundo caía, e
mais rápido, mais convencido se
achava de que Lady Sarita, a folha
de árvore, estaria em apuros encalhada no chão do vale,
à espera de que ele fosse
em seu socorro.

"Como ela vai ficar satisfeita!", pensou no exato momento em que, a uma velocidade vertiginosa, bateu contra um pedregulho negro rente à margem do rio. E partiu-se em dois. Do ovo quebrado (pois nunca foi outra coisa senão um ovo) subiu como uma flecha um filhote de águia — Roger! — e com suas asas recém-inauguradas planou sobre o vale passando em revista as folhas caídas, para ver se alguma delas precisava ser salva.

13
O Vale da Vingança

Se pudesse escolher, Roger teria preferido ser um homem, mas não podia deixar de reconhecer que, como águia, levava uma vida melhor. Era a única águia em todo o vale. E, por causa disso, era tratado com um respeito que beirava a reverência. Não havia espetáculo mais eletrizante, tratava-se do único espetáculo eletrizante oferecido em todos os tempos aos olhos destes camponeses de espírito mesquinho.

Pois este era o Vale da Vingança, com grande extensão de terras, exuberante vegetação e ocupado por uma malta de detestáveis habitantes. Cobiçosos, invejosos, mal-humorados, sempre planejando vingar-se. De quem? Não vinha ao caso.

De *qualquer um*! Os fazendeiros e suas famílias acordavam todas as manhãs com um único pensamento, e era o mesmíssimo pensamento com que tinham ido deitar-se na véspera. "Tenho que me vingar!" Do que exatamente eles precisavam vingar-se não ficava claro. Estavam bem de vida, todos eles, mas talvez não tão bem quanto seu vizinho. E então o jeito que tinham de se vingar era tocando fogo na casa do vizinho. E este, em retribuição, tocava fogo na deles. Eles então iam e tocavam fogo na casa dos parentes do vizinho. E roubavam o gado, as galinhas e as crianças que faziam parte da casa. Mas, a essa altura, alguma outra pessoa — talvez um estranho por completo — estava se vingando deles.

E era assim que se passavam os dias, os meses e os anos no Vale da Vingança, até aparecer Roger, a Águia. Quando alcançou seu grau máximo de crescimento — e esse foi alcançado numa semana —, a sombra projetada por suas asas abertas dava para escurecer um campo inteiro. Podia precipitar-se nos ares e planar em velocidades vertiginosas, mas não era o que fazia na maioria das vezes. Em geral, deslizava a uma altura de um metro, ou pouco mais, acima das copas das árvores, traçando círculos que iam se alargando e alargando lentamente.

"Ela deve estar à procura de alguma coisa", era o comentário que faziam os fazendeiros brigões, ao pararem de vingar-se uns dos outros pelo tempo exatamente necessário para contemplar o espetáculo.

O que Roger estava procurando era uma folha falante. Lady Sarita. Ora convencia-se de que ela havia sido soprada para um lugar seguro, ora ficava naquela preocupação de que ela pudesse estar sob o peso de um monte de outras folhas. Folhas de verdade, comuns, não encantadas. E então sobrevoava em círculos quilômetros de folhas, estudando uma por uma com seus olhos de águia, remexendo no meio delas com suas garras, sussurrando para que ninguém mais pudesse ouvir: "Lady Sarita, é você? Lady Sarita, é você?". Mas ele não conseguia achá-la em parte alguma.

Estava salva, então. Que bom. Melhor do que bom: maravilhoso! Mas Roger estava programado para salvar. Ele era uma águia grande, de heroica estatura. Uma necessidade de salvar e socorrer estava no sangue que corria em suas veias. Se não era Lady Sarita, quem seria? Saiu procurando possíveis vítimas necessitadas de socorro. Era o que não faltava no Vale da Vingança! Em primeiro lugar: crianças. Quando os fazendeiros, na ação de vingar-se, carregavam as crianças e o gado dos outros fazendeiros de quem tinham se vingado, Roger "mergulhava" nos ares e arrebatava essas crianças das mãos de seus capturadores. Duas, três e quatro de uma vez eram levadas nas alturas para bem longe, presas às garras poderosas de Roger.

Isso bastava para inspirar temor e respeito nos corações dos mesquinhos e cobiçosos, forçando-os a pensar duas vezes. Eles só faltavam cair de joelhos, reverentes, diante da águia que lhes tomava sua presa. Os garotos, lá do alto, gritavam enlouquecidos de alegria. "Mais alto! Depressa! Mergulha!" As emoções do voo faziam com que implorassem a Roger para transformar o salvamento deles em algo no gênero de um passeio de montanha-russa. A águia subia além das nuvens, então soltava-os para que viessem caindo em sucessivas cambalhotas — até que aqui embaixo, no último momento, bem quando eles estavam para bater de encontro às árvores, apanhava-os ao completar um mergulho de arrepiar, com um toque certeiro das garras e salvando-os em meio ao maior estardalhaço dos pequenos. "Mais! Mais!", gritavam. A cena provocava nos camponeses sonoras gargalhadas, como nunca antes tinham se ouvido no Valeda Vingança. Não eram nenhum riso maldoso, mesquinho ou vingativo — essas gargalhadas eram alegres como a primavera.

Roger tinha saudade daquele som. E agora, ao tornar a ouvir as risadas, não parecia ficar satisfeito enquanto não as ouvisse mais e mais. Porque elas eram de um tipo especial. Um tipo superior a todos os outros que ele havia inspirado antes: eram gargalhadas com um motivo.

O riso é uma ameaça para os vingativos. Esses espíritos mesquinhos, que eram os habitantes do vale, se dependesse deles, acabariam com as gargalhadas. Fariam um decreto. Prisão para os gargalhadores! Que apaguem o riso de suas carinhas nojentas!

Entretanto, nos recônditos não contaminados de seus corações, eles perceberam o que estava acontecendo. Tiveram ódio do que perceberam, mas o fato é que perceberam. As risadas acima de suas cabeças faziam troça das brigas entre eles. Era o mesmo que apontá-los como idiotas. Estavam mostrando que eram insignificantes. Pela primeira vez em suas vidas de não deixar passar sem vingança envergonharam-se das queixas e ressentimentos.

Que mais podiam fazer senão ir saindo de mansinho, perplexos e resmungando, furiosos diante da felicidade que ressoava acima dos campos? Primeiro furiosos, depois com inveja. Por que esse privilégio para as crianças, que nada haviam feito para merecê-lo? Por que não eles? Era injusto. Tinham que desforrar-se das crianças. Eles, também, tinham que voar!

Saíram de seus esconderijos, com as mãos retorcidas agadanhando o peito. "Leve-nos também!", exigiam da grande águia. "Nós protestamos! Queremos *nossa* vez!"

E logo todos no vale tiveram sua vez. Inimigos de uma vida inteira, bem seguros nas garras de Roger, riam-se um para o outro como verdadeiros bobos alegres enquanto eram alçados para uma viagem ao céu. Olhavam para baixo em direção à terra pela qual haviam se consumido em brigas e vinganças. E viram, pela primeira vez, que ela era — a palavra não lhes vinha, como era mesmo? — ...bonita! Beleza. Uma ideia nova para eles. A imagem da beleza atravessou seus corações como a flecha de Cupido.

Dia após dia, a animosidade foi diminuindo, a necessidade de vingar-se perdendo nitidez, até apagar-se inteiramente. Em questão de poucas semanas, os voos de Roger transportando fazendeiros converteram o Vale da Vingança no Vale das Horas Muito Felizes. Os vizinhos começaram a dizer uns para os outros: "Olá!", "Como vai?", "Que lindo dia está fazendo!", em vez de: "Saia da minha frente antes que eu pise na sua cara!".

E tudo isso — tudo absolutamente — por causa de Roger. "Meu Deus", pensava ele, "como águia sou tão melhor do que era como príncipe!"

Uma vez viu dois homens brigando. Na verdade, um dos homens espancava o outro a fim de arrasá-lo. Um espetáculo raro naqueles dias. Roger desceu a toda num mergulho, disposto a encerrar o episódio. De repente, o corpulento agressor desviou os olhos da sua vítima, virou o rosto e, num gesto instantâneo, pôs uma flecha no arco e disparou-a, fazendo pontaria em Roger. Roger espantou-se. Mal teve tempo de esquivar-se da flechada. Mesmo na pior fase do Vale da Vingança, ninguém havia tentado ferir a nobre águia. Ela estava acima dos desentendimentos. Era especial. Era intocável. Mas não para esse facínora.

Roger baixou o voo sobre o assassino segundos antes de ele estar pronto para fazer novo disparo. Agarrou-o pela gola e viajou com ele céu acima.

O patife continuou debatendo-se enquanto Roger o transportava para as alturas. Voar não o acalmou. "Eu te mato, pássaro imbecil! Solte-me!", gritava o tresloucado, distribuindo rancorosamente pontapés nos ares, que só serviam para machucar a si próprio.

Roger estivera muito absorvido em suas manobras para ter tido tempo de dar uma olhada no malfeitor, mas reconheceu na mesma hora sua voz.

"Tom!" Esta era a primeira palavra que pronunciava depois de um mês.

"Roger?", respondeu Tom, surpreso. "Então é você a nobre águia que todos aqui adoram e que eu jurei matar?"

Roger estava desconcertado. "Mas, Tom, você havia me jurado que ia desistir de caçar!" Por maior que fosse a emoção de reencontrar-se com seu melhor amigo, Roger não podia deixar de sentir-se chocado com o fato de Tom estar resolvido a matar a águia, que era uma criatura muito superior ao príncipe companheiro de Tom.

14
Fim de uma amizade

Tom estava mudado.

Roger também estava mudado, mas, se não acontecesse de ele ser uma águia, ele teria sido algo parecido com o antigo Roger. O antigo melhorado, sem a menor dúvida: um Roger mais delicado, mais ajuizado, mais forte. De qualquer modo, se vocês o encontrassem na rua, fora deste livro, saberiam que era ele na mesma hora. Mas não reconheceriam Tom. Tom se tornara cruel.

Bom, devo lembrar que, mais atrás, avisei a vocês sobre Tom. Eu disse que ele não era pessoa em quem a gente pudesse confiar. Mas o Tom antigo, o Tom sobre o qual fiz essa advertência, era uma companhia divertida. Há, de fato, pessoas assim: são um bocado divertidas, a gente adora as horas alegres que passa com elas, até que um belo dia aprontam alguma. Ou não se solidarizam com a gente, ou falam mal da gente pelas costas, ou roubam da gente alguma coisa — e então vem aquele choque quando se descobre que, sob a aparência divertida, elas não são pessoas legais.

A diferença entre o Tom de agora e o Tom de outros tempos é que o Tom antigo comportava-se como uma pessoa legal. Um amigo, um camarada, um companheiro. Mas o Tom havia pouco redescoberto tinha o comportamento de um rato.

"Vou me vingar", disse com escárnio para Roger quando ambos voltaram ao chão.

Roger não entendeu. "Vingar-se de quê?"

"Você me abandonou na Floresta Para Sempre. Poderia ter me levado com você, mas não, me deixou lá plantado. Vou me vingar."

Se fosse antigamente, antes de ele ter se tornado uma águia, Roger não teria feito caso da queixa de Tom, atribuindo-a ao feitio lamuriento do amigo. Tom tinha o costume de lamuriar-se por qualquer coisa, e Roger era mestre em tirá-lo desses acessos recorrendo à gozação e à zombaria. Nunca deu maior importância às queixas de Tom.

Mas a águia Roger entendeu aquilo que ao príncipe Roger teria feito apenas rir. As razões de Tom eram procedentes. Roger sentiu todo o peso de sua culpa. Ele *não havia cogitado mesmo* de levar consigo Tom quando se retirou andando de costas da Floresta Para Sempre. Não cogitara de outra coisa a não ser que o seu Pó Mágico chegava só até a metade do saco e que ele precisava sair antes que o pó chegasse ao fim. "Foi um erro, Tom", disse Roger tristemente. "Me perdoe."

"Vou me vingar."

"Peço desculpas."

"Algum dia, de alguma forma, quando você menos esperar, eu me vingarei."

"Veja, eu pedi que me perdoe. Pedi desculpas. Não houve a menor má intenção quando deixei você lá plantado. Foi simples estupidez de minha parte. Esqueci. Foi um erro. Uma estupidez. Esqueci." Roger continuou explicando-se e desculpando-se e defendendo-se, mas o resultado teria sido o mesmo se não houvesse aberto o bico. Tom não queria saber de nada.

"Um dia, quando você estiver dormindo ou quando estiver de costas ou quando seu pensamento estiver todo voltado para a sua estúpida busca, eu me vingarei."

Roger recusou-se a acreditar que sua primeira e única amizade verdadeira pudesse terminar assim tão mal. Mais do que uma tristeza, aquilo lhe parecia uma tolice. Tudo bem, ele havia cometido um erro, agira egoisticamente. Mas muito tempo atrás. Hoje não teria esse procedimento. Pedira desculpas, se explicara e se defendera — então por que Tom não o haveria de perdoar? Qual era o problema?

O problema era que Tom era mesmo ruinzinho, só isso. E ia de mal a pior. A ruindade dele era tanta que, por mais que Roger lhe houvesse perguntado — e perguntara vinte e cinco vezes, por falar nisso —, ele se recusou expressamente a explicar como havia escapado da Floresta Para Sempre.

Mas isso não quer dizer que eu não possa contar para vocês.

Ele deu o fora. Não da floresta, deu o fora do livro. Foi embora, como eu tinha desejado que ele fosse na página 20, só que, por teimosia, daquela vez não foi. Como vocês estão sabendo, não era para ele continuar no livro depois da página 20, portanto podia sair quando bem entendesse. Não tendo Roger à sua disposição para acompanhá-lo em corridas e brincadeiras, Tom zangou-se e foi-se embora.

Não saiu imediatamente. Primeiro ficou emburrado, lamuriou-se, lamuriou-se e ficou emburrado, emburrou e lamuriou-se. Disse horrores sobre Roger para Lucille, a Fortona, e para os seus demais amigos. Coisas do tipo: "Quem foi que veio com a história de que ele me contaria quando chegasse a hora, e que eu contaria a vocês quando chegasse a hora, e que eu ficaria sabendo exatamente depois que ele ficasse sabendo, e que então vocês ficariam sabendo quando chegasse a hora? — e nem uma palavra disso que ele disse era sincera!".

Mas Roger tinha dado tanto prazer a eles todos que nenhum, com exceção de Tom, seria capaz de ficar com raiva dele ou de censurá-lo por qualquer coisa, mesmo que ele tivesse culpa. Preferiram pensar que estivesse brincando.

"Roger!", gritavam. "Onde foi que você se escondeu, Roger? Esteja onde estiver, saia e apareça!" E quem chamava por ele mais alto era Lucille, a Fortona. Uma circunstância particularmente irônica e patética, se pensarmos que "Esteja onde estiver, saia e apareça!" era exatamente o que o noivo de Lucille, Andrew, vinha gritando nas cidades, aldeias e povoados dos cinco continentes ao longo dos últimos trinta anos.

Os amigos de Roger não acreditariam, não seriam capazes de acreditar, que ele houvesse descoberto um caminho para escapar da Floresta Para Sempre sem levá-los consigo. Mas Tom não desistiu de bater na mesma tecla. E espalhou, a esse propósito, as piadinhas mais sonsas, mais sarcásticas, mais maldosas e, finalmente, mais cruéis que foi capaz de imaginar. Num abrir e fechar de olhos, Tom passou da condição de melhor amigo de Roger àquela de seu pior inimigo.

Não havia dúvida: Roger agira impulsivamente. Mas como podia ele saber que andar de costas daria certo? E, quando de fato deu certo, aonde foi que isso o levou? Até a beirada de um penhasco, para dali cair na Divisa Perversa. Então merecia a maneira como foi tratado por Tom? Claro que não! Em primeiro lugar, não se espera dos príncipes nos contos de fadas que saiam salvando *todas as pessoas* com que entrem em contato. O esperado é que salvem as pessoas principais: princesas, reis, rainhas, duques. A nobreza, em suma. De qualquer modo, seja lá o que for que se espere dos príncipes em contos de fadas, as expectativas insinuadas neste aqui deixaram Roger sentindo-se pessimamente. Quanto mais pensava nas acusações que lhe fizera Tom, mais se firmava na conclusão de que ele, Roger, havia traído seus amigos da Floresta Para Sempre. Tom escapara, estava a salvo, mas os outros... Vinham-lhe lágrimas aos olhos cada vez que Roger pensava neles: vagando em círculos para sempre na Floresta Para Sempre. O pensamento estava chegando com um certo atraso, mas como era possível, mesmo agora, ele ter o desplante de não voar para ir salvá-los?

15
Uma explicação que ficou faltando

Vou ter que adiar a parte em que Roger voa para efetuar o salvamento, porque deixei uma importante pergunta sem resposta. Tom foi-se embora do livro, isso está dito, mas como e por que voltou? A resposta é: por tédio. Não é uma vida que valha a pena, para um personagem de livro, estar fora do livro. Cair em cima de roseiras era mais divertido do que o que aconteceu a Tom quando esteve fora do livro. Não aconteceu nada. O tempo passava como se não estivesse passando: um segundo dava a impressão de ser um mês, um minuto demorava um ano, e uma hora, um século.

Depois de várias horas que pareceram séculos, Tom percebeu que tinha de voltar para um livro, mas não para este, porque a zanga com Roger havia sido séria demais. Tentou outros livros. Entrou num livro intitulado *A teia de Charlotte*, mas achou a história delicada e sentimental demais para um mau-caráter como ele. Admirou as ilustrações e retirou-se. Entrou num livro intitulado *James e o pêssego gigante*. Mas achou o mau-caratismo do livro ainda pior que o dele. Deu uma olhada nas ilustrações, que lhe agradaram, e retirou-se. Tentou um livro intitulado *A cabine de pedágio fantasma*, mas o enredo era tão difícil que chegou a lhe dar dor de cabeça, e as ilustrações tão pouco trabalhadas que, pensou, até ele podia fazer melhor do que aquilo. Em vista do quê, retirou-se. E chegou a uma conclusão que já deveria ter lhe ocorrido desde o início. Havia um só livro que era o certo para ele. Este aqui. Voltou, então, para suas páginas. E fez seu reingresso pelo capítulo "O Vale da Vingança". E bem quando ele estava começando a vingar-se espancando as pessoas, surgiu Roger e impediu-o. E é neste ponto que estamos.

16
De volta à Divisa Perversa

Antes de ele poder voar para o salvamento, alguma coisa precisava ser feita com relação a Tom. Se Roger simplesmente saísse voando e deixasse Tom em paz, ele iria espancar as pessoas. E essas pessoas iriam querer vingar-se. E então seria a vez de *elas* espancarem outras pessoas, que iriam querer vingar-se. E não se passaria muito tempo até o Vale das Horas Muito Felizes tornar a ser o Vale da Vingança. Não era uma boa ideia. Tom tinha que partir.

Mas para onde? Roger não poderia levá-lo consigo durante a operação de salvamento, porque certamente Tom daria um jeito de tentar vingar-se, o que obrigaria a águia a ter um olho vigilante sempre posto nele. E outro olho na Floresta Para Sempre. E ainda outro olho à procura dos amigos que fora salvar. Não tinha olhos suficientes para dar conta do trabalho. Não, se levasse Tom junto com ele. Roger seria capaz de salvar seus amigos ou de defender-se com suas próprias forças, mas não conseguiria fazer as duas coisas ao mesmo tempo.

"Para onde está me levando?", Tom quis saber. O que era compreensível, uma vez que ele se achava preso às garras de Roger voando a uns sessenta metros de altura.

"Estou procurando um lugar para deixá-lo, onde você não possa fazer mal a ninguém."

"Mas *eu quero* fazer mal. Fazer mal é a parte melhor de vingar-se", protestou Tom.

Esse tipo de comentário foi que levou Roger a decidir que o único lugar onde poderia deixar Tom, sem precisar se preocupar com as consequências, era a Divisa Perversa. Vasculhou aqui e ali à procura de alimentos e água em quantidade que durasse o tempo de ele estar em condições de ir apanhar Tom de volta. Arrumou os suprimentos bem acondicionados num xale, e, então, com Tom preso às suas garras e o xale seguro pelo bico, voou para bem alto, até alcançar o mais elevado penhasco da Divisa Perversa, aquele mesmo de onde despencara andando de costas meses atrás. Pousou Tom com todo o cuidado. "Não tenha medo", disse-lhe. "Vou como uma flecha para a Floresta Para Sempre salvar nossos amigos, depois volto como uma flecha para salvar você, e ficaremos novamente amigos, e poderemos ir juntos como uma flecha para salvar do gigante perverso a bela princesa que faz os homens virarem pedra, e depois disso terei que me casar com ela, pois, tanto quanto posso saber, é esta a minha busca."

Roger disse isso tudo de um jato só, sem respirar, tão forte era o seu desejo de voltar às boas com Tom. Mas não teve essa sorte. A resposta seca e hostil de Tom foi: "Espero que o gigante esmague você como um inseto".

Roger afastou-se voando, descrevendo um último círculo ainda para assegurar-se de que estava tudo bem com Tom. Tom parecia ótimo. Nada que denotasse a menor preocupação do mundo. Ajeitava-se para fazer uma boa refeição na Divisa Perversa.

É claro, havia uma coisa sabida por Tom que Roger ignorava. Ele poderia sair da Divisa Perversa no momento em que bem entendesse. Depois do almoço, por exemplo. Tudo o que precisaria fazer era dar uns passos e pôr-se fora do livro. E nada o impedia de caminhar esses passos de volta para dentro, depois de volta para fora, para dentro e para fora, para dentro e para fora, tantas vezes quantas fosse preciso, até acertar a entrada no lugar exato da história que seria perfeito para exercer sua vingança.

17
Travessia do Mar de Gritos e incursão na Montanha de Más Intenções

Roger voou de costas. Era a única maneira que sabia para chegar a seu destino. Voou de costas atravessando chuva pesada, nevoeiro espesso, tempestades com raios e trovoadas, e nevascas. De costas sobrevoou o Mar de Gritos, que era um dos horrendos lugares por onde J. Imago Mago lhe avisara que teria de passar em sua busca. Pavorosos gritos de "Socorro!" subiam até ele vindos do mar negro-esverdeado cujas águas revoltas pareciam contorcer-se como se estivessem sendo torturadas. Roger lançou-se para baixo e projetou seu olhar de águia ao longo da superfície do mar. Ele estava ali para socorrer, mas não enxergou ninguém que precisasse de socorro. A crista espumosa das ondas pululava em manchas brancas que eram como mãos estendidas implorando para ser salvas. Os gritos se sucediam com uma insistência desesperada. "Quem está gritando?", Roger pensava, perplexo. Seriam as ondas? Ondas poderiam necessitar de um socorro vindo dele? Roger baixou o vôo ainda mais, para ver melhor a situação. Uma onda negro-esverdeada desenroscou-se como uma serpente e laçou a sua perna.

Roger bateu as asas com força, tornou a bater e conseguiu soltar-se. Os gritos do mar converteram-se em lamúrias. Saíam gemidos de "Socorro". "Socorro" entre soluços. Mas quem exatamente deveria Roger socorrer? O mar, raivoso, remoendo no fundo sua cólera em manchas escuras, arreganhava as ondas como se fossem dentes.

“Você grita ‘Socorro’, mas não é em ‘Socorro’ que você está pensando. O que esses gritos significam é que você quer me engolir!”, Roger gritou, também, em resposta ao Mar de Gritos, e foi-se embora voando de costas. Se não podia confiar em gritos de socorro, se os gritos de socorro eram capazes de engoli-lo e afogá-lo... Roger sentiu-se ofendido em seu senso do que é certo e do que é errado. Ainda que houvesse a pretensão de com isso ensinar-lhe alguma coisa, essa era uma lição que não valia a pena aprender.

Atravessou voando de costas a Montanha de Más Intenções, outro dos lugares maléficos sobre os quais fora avisado por J. Imago Mago. Pedras foram atiradas nele e roçaram suas penas. Quem as estava atirando? Ninguém. A própria montanha era que as estava atirando. Pedregulhos zuniam na direção de Roger com a velocidade de tiros de canhão.

As primeiras pedras nem passaram perto; mas, de repente, como se a montanha tivesse corrigido a pontaria ajustando-a à altura e à velocidade do voo de Roger, elas foram chegando cada vez mais próximas do alvo. As pedras começaram a ricochetear em Roger, na cabeça, no peito, nas asas. Mesmo sendo grandes e deslocando-se em alta velocidade, o efeito delas era mais de espetar que propriamente de machucar. As pedras menores ricocheteavam nele sem causar danos. Mas trinta ou quarenta pedras do tipo que ricocheteia numa águia sem causar danos, se forem atiradas da primeira à última num período de cinco minutos, podem causar danos para valer. O ritmo do voo de Roger tornou-se mais lento. Sentiu tonteiras. Mas entregar-se às tonteiras seria fatal.

Ele alterou o padrão de voo numa tentativa de confundir a montanha. Voava em círculos, voava alto, voava baixo, voava de frente, tornava a voar de costas. Entremeava o voo plano com quedas e ascensões vertiginosas. Sua força estava voltando e, ao mesmo tempo, a montanha parecia confusa. A velocidade das pedras diminuiu. Mesmo contundido como se achava, agora não era problema para ele esquivar-se dos mísseis voadores. Reparou que havia uma novidade. Na última remessa, as pedras chegavam embrulhadas em bilhetes.

Por que bilhetes? Não conseguia deixar de ficar curioso. Seriam mensagens? Seriam dirigidas a ele? Ou a qualquer pássaro que por acaso passasse por ali? Com um pouco de exercício, Roger aprimorou-se em fisgar os bilhetes com o bico separando-os das pedras. Não todos, porque eram numerosos demais, mas em pouco tempo tinha uma coleção deles amarfanhados sob suas garras.

A noite estava chegando. Roger se tornara um alvo menos nítido, agora. O volume de pedras arremessadas oscilou, vacilou, parou. Roger fisgou um último bilhete de uma última pedra e, invertendo a direção de seu voo de costas, logo se pôs fora do alcance e depois fora do campo de visão da Montanha de Más Intenções.

Ele sentia dores por todo o corpo. Precisava descansar, comer, dormir. Mas, antes de mais nada, precisava ler os bilhetes. Viu que estava próximo de uma fazenda. À distância, percebeu as luzes de uma aldeia vizinha, mas Roger estava exausto demais para investigar. Seguiu em direção à cobertura de um velho celeiro, e lá se instalou.

Seus olhos cansados vislumbraram hectares de terra cultivada, convidativas para quem nelas quisesse banquetear-se. Mas só mais tarde, pensou, primeiro leria os bilhetes. Os bilhetes antes de mais nada, depois uma senhora refeição (bem embaixo havia um canteiro de abóboras, e, na direção do Leste, fileiras e mais fileiras de pés de milho). Após o banquete, ele trataria de tirar uma boa noite de descanso. Foi só armar esse plano na cabeça e na mesma hora mudou-o inteiramente, caindo no sono.

Acordou com o canto dos galos. Raiava o dia, provavelmente no Leste — mas Roger estava tão machucado e desorientado que, se dependesse de sua percepção, o dia poderia ter raiado no Norte, no Sul ou no Oeste. Descobriu um riacho logo ali perto e aproveitou para lavar as feridas e marcas de contusões, enquanto ia mandando para o papo uma amostragem de trutas e outros peixes de água doce. Estava começando a sentir-se ele mesmo novamente — isto é: recuperando sua nobre natureza de águia. Estava meio bombardeado, mas não tinha ferimentos graves. Em poucas horas as dores teriam passado, e pronto, pensou. Lembrou-se então dos bilhetes. Voou de volta para a cobertura do celeiro, desamarrotou os papéis e leu-os. Na mesma hora as dores voltaram. Pior do que antes. Pior do que qualquer coisa que ele já havia sofrido na vida.

Seria desnecessariamente cruel transcrever aqui todos os bilhetes, mas vejam esta amostra:

"VOCÊ É UM IDIOTA PRESUNÇOSO E EGOÍSTA." "VOCÊ NÃO PODE CONTAR COM O APOIO DE SEUS AMIGOS." "VOCÊ NÃO SERIA CAPAZ DE IMAGINAR AS COISAS HORRÍVEIS QUE ELES ESTÃO DIZENDO SOBRE VOCÊ NA FLORESTA PARA SEMPRE." "ELES DESPREZAM VOCÊ." "NA HORA EM QUE VIREM VOCÊ, VÃO QUERER TE DESPEDAÇAR." "VOCÊ É MAIS MOTIVO DE RISO AGORA DO QUE QUANDO ERA PRÍNCIPE." "LADY SARITA MORREU E FOI SUA CULPA." "A PRINCESA PETÚLIA FOI SALVA SEMANAS ATRÁS POR UM BRAVO CAVALEIRO. ESTÃO VIVENDO FELIZES PARA SEMPRE." "SUA BUSCA ESTÁ SENDO UM FRACASSO." "TOM VAI MATAR VOCÊ."

Finalmente, Roger entendeu por que foi que a Montanha de Más Intenções ficou sendo chamada assim. Os ferimentos causados pelos bilhetes doíam mil vezes mais que aqueles provocados pelas pedras. Cada um deles encerrava uma verdade aniquiladora. Tinham, sem dúvida, um cunho verdadeiro. Roger acreditava que estivessem dizendo a verdade. As pedras não mentem.

Deixou-se ficar sentado no alto do celeiro, enquanto ia se esvaindo toda a sua vontade de salvar. Toda a sua vontade de prosseguir na busca, ou, o que dava na mesma, sua vontade de prosseguir com a vida. Não havia nada que valesse esse tormento. Se ele ainda fosse um príncipe, teria chorado. Uma águia pode não ser capaz de chorar, mas é capaz de remoer pensamentos. Certamente, ao longo de toda a história da espécie, jamais houve águia que remoesse pensamentos como Roger remoeu nos sete dias e sete noites que se seguiram. O ferimento que lhe causou a Montanha de Más Intenções era

mortal. Tudo o que ele desejava agora era que essa agonia tivesse um fim. Instalou-se, encolhido e curvado, na cobertura do celeiro, meio que cochilando, meio que morrendo. As aves e os outros animais da fazenda evitaram incomodá-lo, em sinal de respeito por seu estado. As vacas dormiram no pasto à noite, os pássaros desviavam-se, em seu voo, para não passar sobre a cobertura do celeiro.

Nove dias haviam se passado assim, quando, na manhã do décimo, a visão turva de Roger distinguiu uma figura de homem. Era a primeira criatura viva que ele via desde que se instalara para morrer. Roger estava fraco demais para conseguir enxergar direito, mas os ouvidos continuavam a perceber tudo com clareza. Apesar de o homem estar a uns quatrocentos metros de distância, Roger não teve nenhuma dificuldade em entender o que ele gritava, com clareza cada vez maior à medida que vinha chegando mais perto:

"Esteja onde estiver, saia! Saia! Lucille! Saia e apareça! Esteja onde estiver, saia e apareça!"

18
Andrew

Em primeiro lugar, Andrew teve uma surpresa ao constatar que o grande pássaro sobre a cobertura do celeiro, que mais parecia morto, estava vivo. Em segundo lugar, teve um choque quando o pássaro começou a falar com ele. Em terceiro, ficou estarrecido quando a primeira palavra dita por seu interlocutor — dita com uma certa vacilação mas inconfundivelmente — foi "Andrew?".

"Andrew?", tornou a dizer, arquejante, a águia quase morta.

"Devo estar ouvindo o grito de morte de uma águia, que, por coincidência, soa muito parecido com meu nome mas que provavelmente é alguma coisa como 'Adruuu, anduuu, aduuu...'." Foi essa a explicação que Andrew encontrou para os sons estertorantes que saíam do pássaro na situação extrema em que se achava, mais para lá do que para cá. Não era uma explicação desarrazoada, se levarmos em conta que ele jamais conhecera Roger ou ouvira falar dele. Mas como poderia ele explicar o que se seguiu?

"Você... não é... Andrew... de... Lucille?"

Em circunstâncias normais, a gente poderia esperar que Andrew desmaiaria e cairia duro no chão, ou sairia em disparada e se mandaria para o mais longe que suas pernas firmes e elásticas fossem capazes de levá-lo. Esse pálido fantasma de uma águia havia falado não apenas o seu nome mas o da mulher que ele amava e à procura de quem havia estado durante trinta anos.

Mas, na verdade, de normais as circunstâncias não tinham nada. Trinta anos sem qualquer pista que levasse ao paradeiro de seu amor perdido, e eis que surge esse pássaro — que estava a ponto de morrer diante dele — sabendo algo a respeito. Não *podia* de jeito nenhum deixá-lo morrer — não antes que houvesse contado tudo o que sabia! Andrew, apesar de já não ser nenhum rapaz, subiu à cobertura do celeiro, tomou

em seus braços o pássaro agonizante (era como se estivesse carregando cera derretida) e correu com ele para junto de um riacho próximo.

Com todo o cuidado, receoso de que qualquer movimento em falso pudesse ser fatal, Andrew levou a mão em concha até o bico da pobre águia, fazendo-lhe descer goela abaixo a água do riacho. Lavou-a, serviu-lhe uma papa feita de coelho e truta. Estendeu a pobre criatura para secar ao sol, delicadamente massageou seu corpo dolorido e tomado por calafrios, esse corpo com pouco mais de substância que uma sombra. Percebeu os primeiros sinais de aquecimento. O sangue voltava a fluir. “Você não vai morrer”, murmurou Andrew, rangendo os cinco dentes que lhe restavam na boca.

“Vou sim”, disse Roger, arquejante.

Mas Andrew estava decidido. “Você não vai morrer.”

“Se você é Andrew, eu não devo morrer”, admitiu Roger, lembrando-se vagamente de sua missão de salvar Lucille e os outros da Floresta Para Sempre.

“Eu *sou* Andrew.”

“Se você é o Andrew de Lucille, não posso morrer.”

“Eu *sou* o Andrew de Lucille.”

“Então”, disse Roger, com firmeza apesar da voz fraca, “eu não posso morrer, porque a ideia me veio neste momento, de que é você a minha busca.”

Sua recuperação foi, quase pode-se dizer, mágica, o que afinal não significa muito se pensarmos que ele era um príncipe encantado. Ao anoitecer, Roger estava restaurado em sua aparência e em seu modo de ser heroicos de águia. Informou Andrew a respeito de *tudo*: a Floresta Para Sempre, Lady Sarita, a Divisa Perversa, o Vale da Vingança, o Vale das Horas Muito Felizes, o Mar de Gritos, a Montanha de Más Intenções, suas buscas sempre a transformar-se, sempre a expandir-se.

"Já falei bastante de mim", disse Roger, ao raiar o novo dia. "Agora, fale-me de você."

Só que Andrew não tinha nenhuma história para contar. Trinta anos procurando e viajando, procurando e viajando. Trinta anos de norte a sul, de leste a oeste. Trinta anos de mais experiência, mais aventura, mais encontros com diferentes tipos e cores de pessoas — ricos e pobres, bons e maus, espertos e estúpidos, ativos e preguiçosos, sinceros e perversos, estimulantes e tediosos, sérios e inconsequentes — do que aqueles vividos por Roger. Uma existência toda construída em cima de idas e vindas espetaculares. E nada disso, nem um mínimo fragmento, ficara registrado. De nenhum desses episódios Andrew aprendera coisa alguma. Nada que valesse a pena observar, nada que importasse, que fizesse sentido — uma vez que ele continuava sem Lucille.

"Leve-me até ela!", implorou Andrew.

"Farei melhor: vou trazê-la para junto de você."

Andrew lamentou-se. "Você sairá voando e nunca mais voltará. E ano após ano estarei batendo de porta em porta a gritar: Saia! Esteja onde estiver, saia e apareça!".

"Você salvou-me a vida, devolveu-me a esperança. Como seria possível eu não voltar?"

"Não sei como é possível você não voltar, mas não voltará. Depois de uma vida inteira sem aprender nada com a experiência, uma coisa eu aprendi: se fizerdes aos outros o que quereríeis que eles vos fizessem, eles simplesmente não farão, e acabou-se."

"Eu farei! Fique certo! Pode ter certeza!" E então, sem qualquer aviso, Roger abriu as asas. Elas se abriram com a força de uma catapulta. O simples respirar de Roger em boa saúde deixou Andrew morto de medo. De repente, todo o cenário à sua volta desapareceu, o celeiro em que tinha encontrado o pássaro doente, e também o riacho em que tinha lhe salvado a vida.

"Que é que você está fazendo?", indagou a Roger. Uma pergunta sensata, porque a grande águia agarrara-o e levantara-o pela gola da camisa, e agora sobrevoava o campo, indo e vindo numa disparada que deixava seus nervos em polvorosa.

"Tenho que me assegurar de que não vão me faltar forças para essa jornada. São muitos quilômetros que preciso percorrer, nem sei quantos. Tenho dúzias de pessoas para salvar, nem sei quantas. Mas se levar você comigo, de uma coisa eu estou sabendo: haveria *um* de mais na história. Portanto é melhor que fique onde está. Não bata mais em porta nenhuma. Abra neste campo uma clareira que tenha a forma de um coração. Duzentos metros quadrados de fundos por cem metros quadrados de largura. E esse será o ponto de referência em terra para guiar-me de volta com Lucille."

19
Colombina Cristalina

Havia um pequeno povoado a menos de dois quilômetros do campo que Andrew estava recortando em forma de coração. Os habitantes, em suas andanças de rotina, ficaram surpresos ao ver aquele forasteiro abrindo uma clareira em meio ao mato crescido, às ervas daninhas e às flores silvestres. “Quem é você, de onde vem e o que está colhendo?”, quiseram saber.

Entre um e outro golpe da ceifadeira, Andrew respondeu:

"Sou Andrew. Que estou colhendo? Nada. Que pretendo vir a colher? Amor. Por minha Lucille, que se perdeu e que me será restituída nas asas de uma águia no dia em que eu transformar este campo num coração."

Um amor perdido? As asas de uma águia? Um campo transformado em coração? Era o tipo de conversa capaz de atrair multidões. O povoado esvaziou-se. Embora ninguém acreditasse seriamente na águia de Andrew, ninguém queria perder o espetáculo se ela de súbito aparecesse pousando ali com Lucille. Dias e noites Andrew esteve trabalhando enquanto os habitantes do povoado levantavam barracas e instalações para acampamento nos arredores do coração. De uma hora para outra ergueu-se uma aldeia surgida do nada, com mercado, lojas, comerciantes, vendedores ambulantes, artesãos, mágicos, saltimbancos, uma hospedaria... O barulho era ensurdecedor.

E no décimo segundo dia apareceu uma autêntica feiticeira, ledora da sorte, que, mediante pagamento, previa o futuro. Seu nome era Colombina, e era conhecida como Colombina Cristalina, um oásis de serenidade dentro daquele alvoroço todo. Tinha uma bola de cristal. Cobrava uma insignificância (o equivalente a um níquel de hoje) para consultar o cristal mágico.

"Que é que você está vendendo, Colombina Cristalina?", perguntou-lhe um aldeão.

"Vejo árvores." Colombina Cristalina, não se podia dizer que fosse velha nem moça.

"Que é que árvores têm a ver com a águia e um amor perdido?", perguntou um segundo aldeão.

"A águia está nas árvores." Colombina Cristalina, não se podia dizer que fosse feia nem bonita.

"Que árvores?", perguntou um terceiro aldeão.

"Longe daqui, árvores e árvores e árvores e mais árvores." Colombina Cristalina, não se podia dizer que fosse como ninguém dos arredores nem como ninguém dos arredores de nenhum outro lugar.

"Longe muito longe daqui?", perguntou um quarto aldeão.

"Mais perto do que vocês pensam, mais longe do que vocês imaginam." Colombina Cristalina não dava a impressão de ser alta, apesar de que, quando se levantava, era mais alta do que qualquer pessoa no povoado. Mas nunca se levantava. Ninguém a tinha visto em pé ou andando ou saindo do seu lugar atrás da bola de cristal.

"O amor perdido está perdido entre as árvores?", perguntou um quinto aldeão.

"Todos estão entre as árvores, mas todos não são amores perdidos." Talvez fosse por causa da sua voz, que era baixa e musical, ou talvez por causa dos seus modos, delicados e no entanto ameaçadores, ou talvez pelo seu olhar que, sem jamais ajustar o foco, percebia, porém, absolutamente tudo. Fosse pelo que fosse, os aldeões acreditavam em cada palavra que ela dizia, embora fossem incapazes de entender o que estava dizendo.

"Esse amor perdido foi encontrado?", perguntou um sexto aldeão.

"Acaso *você* foi encontrado?" A indagação infundiu medo nos corações dos aldeões, sem que soubessem por quê.

"Não estamos perdidos", respondeu um sétimo aldeão, não parecendo muito convicto.

"Está dada a resposta!"

Os aldeões retiraram-se para seu acampamento, onde passaram o resto do dia e da noite discutindo, porque não havia entre eles duas pessoas que estivessem de acordo quanto ao significado do que Colombina Cristalina havia lhes dito.

Alvoreceu o décimo terceiro dia. Os aldeões acordaram e viram ao longe a figura de Andrew voltando do fundo do campo com a ceifadeira apoiada ao ombro. Não era coisa que se visse todo dia: pela primeira vez, em duas semanas, Andrew não estava cortando o mato. Isso só podia significar que terminara o seu trabalho. O coração de duzentos por cem metros quadrados brilhava como uma fogueira acesa num clarão da pradaria à meia-luz resplandecente da alvorada.

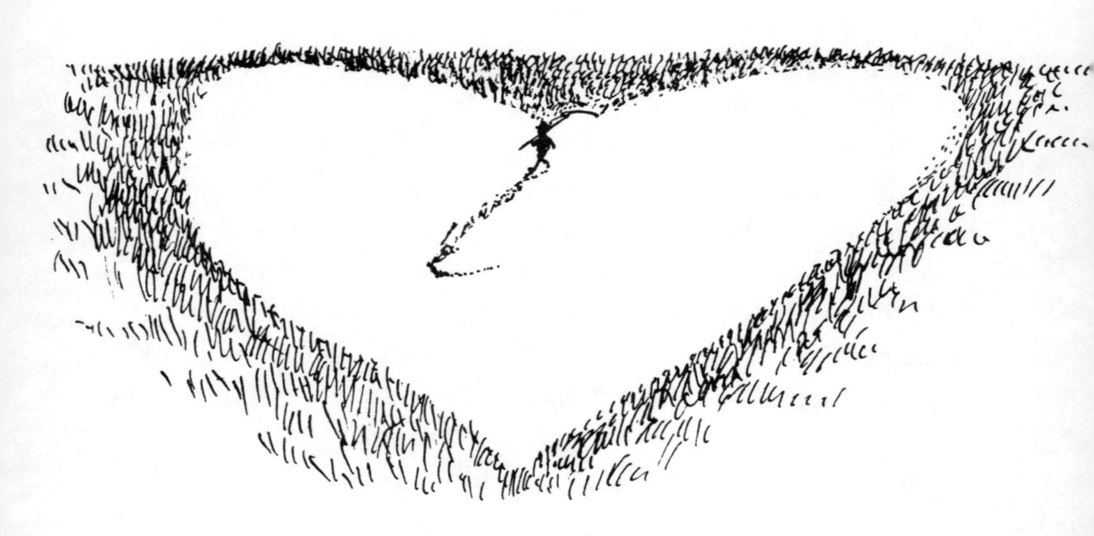

À medida que Andrew foi se aproximando, os aldeões notaram que ele, também, era como se estivesse em brasa. Seu sorriso era tão brilhante como o novo dia. Poderia ser o sorriso que resulta de um serviço benfeito. Ou poderia ser um sorriso por antecipação. Ele estava olhando na direção errada, por isso não podia ver o ponto preto rapidamente a se destacar das róseas nuvens distantes. O ponto foi ganhando tamanho e forma ao chegar cada vez mais perto. Os aldeões distinguiram algo como um pássaro que carregava um certo tipo de fardo. Mas Andrew estava virado de costas, assim não era essa a razão por que sorria. Somente quando os aldeões retribuíram seu sorriso com vivas e saltos de alegria foi que Andrew olhou por cima dos ombros para descobrir o motivo de tanto alvoroço.

20
O brinde

Era como se eles jamais se houvessem separado. Depois de um primeiro instante de timidez, é claro.

"É você, Andrew?"

"É você, Lucille?"

Os dois estavam mudados. Ele, mais magro, mais grisalho, enrugado. Ela, gorda. Tão gorda que Roger precisou pousar umas cinco ou seis vezes, durante a viagem de volta, para não perder o fôlego e para restaurar suas energias. O passar dos anos, entretanto, por mais que houvesse afetado a aparência deles dois, em nada havia alterado seus sentimentos. À falta de jeito do primeiro instante, seguiram-se lágrimas de deslumbramento e anos de felicidade.

Os anos de felicidade foram precedidos por uma cerimônia de casamento realizada no centro do coração por Colombina Cristalina, com a presença de todos do povoado. Roger, de onde estava, não podia ser visto. Momentos depois do encontro, esgueirara-se para o canto mais sombrio da orla mais distante do campo em forma de coração e lá se deixara ficar, com toda a aparência de um pássaro exausto e confuso. Sentia-se envergonhado demais para participar do casamento. Não achava que tivesse direito. A festa não era para ele. Ouviu a música e a empolgação da cerimônia, situado a uma distância que ele se sentia incapaz de vencer até mesmo no espaço de uma vida inteira.

Que teria acontecido na Floresta Para Sempre se Lucille houvesse descoberto sua verdadeira identidade? Ela simplesmente teria recusado voar com ele. Seus outros amigos, também. Roger, só de pensar nisso, sentia-se a última das criaturas. Os sons da festividade esmoreciam em seus ouvidos, cedendo lugar a lembranças do retorno à Floresta Para Sempre. Os vivas com que o acolheram! De algum modo, seus velhos amigos compreenderam de relance a missão daquela águia de nobre porte que os sobrevoava a grande altura. Saracotearam, dançaram, Lucille inclusive (era a mais fácil de reconhecer, da distância a que se achava Roger, por causa de seu tamanho).

Roger desceu voando em círculos, mais lento à medida que voava mais baixo, como se estivesse pretendendo provocar uma reação ainda maior da parte deles. Essa não era de jeito nenhum sua intenção, muito pelo contrário: quanto mais se aproximava e quanto mais forte se faziam ouvir os vivas, mais gritava uma voz dentro dele: "Fuja!".

A duras penas Roger conteve o impulso de inverter seu rumo e voar para longe dali. Dizer o que a esses amigos que havia abandonado? Nem por um instante sequer pusera em dúvida a verdade dos bilhetes que lhe foram atirados com as pedras pela Montanha de Más Intenções. Seus amigos o desprezavam, era o que diziam as pedras. E Roger acreditou.

Ele os havia abandonado. Andando de costas, é bem verdade, sem saber para onde ia, não resta dúvida — mas, mesmo assim, as pedras tinham razão, Tom tinha razão. Ele deveria ter pensado nos amigos, deveria tê-los levado consigo. Com que cara chegar para eles agora e dizer: "Oi! Desculpem que eu me atrasei, mas antes tarde do que nunca. Vim para salvá-los". Com que cara dizer isso? Com que cara dizer o que quer que fosse? Não poderia. E não disse.

Não disse uma só palavra durante os cinco dias e cinco noites que levou, voando de costas, para tirar os amigos da Floresta Para Sempre. Por um percurso em que se alternavam bom tempo, mau tempo, tempestades, neblina, a luz das estrelas, ele os foi transportando, dois de cada vez, um em cada garra. Nenhum deles teve medo. Indiferentes à altura, à distância, ou ao tempo que enfrentavam, confiaram na águia como confiariam num velho amigo, sem se dar conta de que *era* de fato um velho amigo. "Gosto desta águia", Roger ouviu de Tim, o Trovador, que acrescentou, dirigindo-se em altos brados ao outro passageiro: "Você não acharia ótimo se Roger estivesse aqui conosco passando por tudo isto?".

Espantava-se diante da frequência com que o nome do príncipe surgia durante os voos.

"Roger não vai acreditar."

"Precisamos nos lembrar de todos os detalhes para contar a Roger, se tivermos a sorte de encontrar ele de novo."

"Aposto como Roger faria a águia rir tanto que ela acabaria até deixando ele cair em pleno voo."

Vocês pensam que, ao ouvir esses comentários, a conclusão de Roger foi que seus amigos *não* o detestavam e que as pedras haviam mentido? Pois estão muito enganados. Ele havia passado por experiências tais que lhe era mais fácil aceitar uma vil mentira atada a uma pedra do que a doce verdade saída da boca de um amigo.

Não teve, por isso, prazer algum com sua missão. Muito pelo contrário, sofreu bastante. Ali estavam seus amigos conversando animadamente sobre ele, sem nem em sonhos imaginar que o príncipe tão elogiado fosse a águia que os estava levando para um lugar seguro. "Primeiro desertados e agora enganados por mim — puxa vida! sou a mais monstruosa das criaturas", pensou Roger. "Não é de admirar que me detestem."

As palavras de carinho ditas por seus amigos foram por ele voltadas contra si próprio. A cada viagem que fazia para fora da Floresta Para Sempre, conseguia transformar em recriminações o que originalmente haviam sido elogios. Era como se houvesse se tornado uma pedra para atirar em si próprio, insultando-se com amargos bilhetes redigidos de seu próprio punho.

Soltou seus amigos, que sabia detestarem-no, na orla externa da floresta, depositando-os em estradas que só admitiam mão única: em direção contrária à Floresta Para Sempre. Lucille, a Fortona, foi a última a ser salva, porque tinha um trajeto mais longo a fazer.

Roger não reparou quando a celebração do casamento, que se prolongara com grande algazarra por toda a noite, serenou para dar lugar aos brindes. Canecas, taças, canecões com tampa, contendo hidromel, vinho e cerveja, foram erguidos em homenagem a Andrew e Lucille. A julgar pela extensão dos brindes e pela afetividade neles expressa, ninguém diria que poucos dias antes essas pessoas jamais tinham ouvido falar do casal afortunado. E, então, ao se fazerem notar os sinais de uma nova alvorada — a primeira desde que a águia e Lucille tinham sido vistos despontando no horizonte —, pediram a Andrew que fizesse seu brinde. Ele ocupava o centro do coração aberto no campo. Ergueu bem alto sua caneca. "Perdi minha noiva, perdi minha fé, perdi meu rumo. Encontrei uma águia. E a águia me trouxe de volta tudo o que eu tinha perdido. À minha amiga, à minha benfeitora, à minha águia!"

Os aldeões deram vivas, depois pediram silêncio. Era a vez de Lucille. Os primeiros raios do alvorecer refletiram-se na sua taça erguida. "Apesar de eu ter o dobro do seu tamanho, e de ser seis ou sete vezes mais pesada do que ela, a águia, inflexível em sua determinação, trouxe-me como um bebê até os braços queridos de meu amado. Agradeço a ela, mas agradecer não basta. Tenho a maior admiração por ela, mas admiração não basta. Faço um brinde a ela, mas um brinde não basta."

"A águia! Tragam a águia!", gritaram os aldeões.

Mas ninguém tinha visto onde fora parar a águia naquela noite. A heroína da festa havia sido esquecida pelos que estavam comemorando. Roger deixara-se ficar onde o olhar das pessoas não o alcançava, no canto mais escuro do contorno mais distante do campo em forma de coração. Jogara-se ali, encurvado como uma pedra, uma das pedras que ele atirara seguidas vezes em si próprio. Faltara-lhe ânimo para participar da festa. Faltava-lhe força de vontade para escapulir sorrateiramente. Exausto por causa do voo, do salvamento, das pedras que atirara em si próprio, ficou prostrado, perdido dentro da noite, mal tomando consciência de que Colombina Cristalina havia feito sinal de que chegara a vez de ela erguer um brinde.

Ninguém na verdade viu qualquer sinal, ninguém a viu mover-se, no entanto todos os olhos estavam voltados para ela. Os de Roger também; semicerrados, receberam passivamente sua imagem. Colombina Cristalina ergueu uma taça. Sua voz soava pouco mais alto que um sussurro, mas atravessava deslizando como o vento a parte escura do campo até chegar a Roger em sua postura de pedra. "Quero oferecer um brinde aos dois que são um."

Os aldeões deram vivas. Pela primeira vez, entendiam o significado das palavras de Colombina; ela estava se referindo a Andrew e Lucille. O rosto de Colombina Cristalina esboçou o mais discreto dos sorrisos. Era outro sinal, que serviu para aquietar os aldeões. "Finalmente, quero oferecer um brinde a alguém que não é quem a gente pensa que é, mas outra pessoa. Que se acha numa busca que não tem a ver com aqui nem ali. Que nasceu para ser um barril de risadas e afogar-se num vale de lágrimas. Quando não prestava para nada, não se importava; agora, que é capaz de tudo, não está sabendo. A Roger", disse delicadamente Colombina.

"A Roger!", responderam, estrondeantes, os aldeões, gritando com paixão um nome que nenhum deles jamais ouvira na vida.

No recesso mais escuro do campo em forma de coração, Roger estremeceu. Um grande peso, equivalente a todas as pedras que tinham sido atiradas nele, subiu por seu corpo com a súbita leveza de uma nuvem. Fez arrepiar suas penas, as asas eriçaram-se. Ele não conseguia respirar. Abriu o bico. A nuvem escapou. O peso subiu aos ares. Roger também. Levantara voo. Não com o objetivo de cumprir alguma tarefa, ou missão, ou busca. Levantara voo porque estava aliviado do peso, agora. Seu corpo não queria mais saber de ficar em terra. Jogava-se em idas e vindas acima do campo em forma de coração, executava escaladas e mergulhos vertiginosos, investia céu afora, dava cambalhotas nas alturas. As palavras dos velhos amigos não o haviam tocado, mas as de Colombina, sim. De algum modo ela havia conseguido penetrar nele. Pelo que havia dito e pelo que não tinha sido preciso dizer. Seu brinde abalara Roger por dentro com a ressonância de um órgão de igreja. No auge da animação, sentia a alma disparando para as alturas. E quando sua alma disparou para as alturas, ele, que continuava a ser uma águia, fez tranquilamente o mesmo.

21
Espere

Naquela noite, depois de mais um dia de celebrações, Roger desceu lentamente (era o seu primeiro pouso em doze horas) para visitar Colombina Cristalina. "Antes de partir, gostaria de lhe agradecer."

Ela não se surpreendeu ao ouvir a águia falar. Nada a surpreendia. Serena Cristalina.

"Você é a única que sabe quem eu sou", disse Roger.

"Eu sei, mas você sabe?", retrucou Colombina naquela maneira, muito sua, que parecia sugerir um significado profundo mas que ninguém percebia qual era.

"Eu nasci para ser um barril de risadas. Essa parte eu entendi. Depois você falou em 'afogar-se num vale de lágrimas'. Mas aí já não é comigo. Você me libertou. Estou cortando os céus, não estou me afogando." Os olhos de Roger sondavam profundamente os de Colombina. Ela nada disse. Apenas sorriu. "Não estou me afogando, e não estou num vale de lágrimas. Tudo o que lhe peço é uma explicação."

Colombina sorriu com aquela serenidade. "Espere."

Roger abanou a cabeça, impaciente. "E Lady Sarita?"

Colombina sorriu com aquela serenidade. "Espere."

"Como posso esperar, se não sei se está viva ou morta? As pedras disseram que ela estava morta!"

"Espere", disse Colombina, sem alterar sua cristalina serenidade.

"Esperar? Não quero ser grosseiro, mas você só fica dizendo 'Espere'. Esperei três anos na Floresta Para Sempre. Não vejo como esperar mais possa adiantar", falou Roger aos tropeços, espalhando perdigotos, na maior confusão.

Colombina Cristalina sorriu com aquela serenidade. "Lady Sarita é o quê?"

Roger não soube o que dizer. "Que quer dizer com é o quê? Lady Sarita é... É uma lady... É uma lady..." Parou por aí, com o bico escancarado. E mais não saiu.

"Uma lady? Que tipo de lady?" Era como se Colombina estivesse submetendo-o a um teste.

"Ela é Lady Sarita... é uma... uma..." Roger parou para pensar. Nunca se saía bem em testes; como príncipe, não precisava. "É uma dama de companhia a serviço na corte!", gritou finalmente no cúmulo da exasperação.

"E o que é que as damas de companhia fazem?", Colombina perguntou com aquela serenidade.

Roger estava quase chegando ao limite do que era capaz de suportar. Se as águias suassem, ele teria suado. Franziu seu cenho de águia, enquanto fazia uma pausa que durou um tempão. "Esperam?", perguntou, sem muita certeza.

Colombina Cristalina confirmou, movendo a cabeça para a frente com aquela serenidade.

"Então Lady Sarita está à espera, é isso que você quer me dizer?", perguntou Roger numa agitação cada vez maior. "Lady Sarita está viva... e à espera?" Roger espantou-se com sua própria reação. Por que vibrava daquela maneira? Sem dúvida, gostava de Lady Sarita. Mas gostava de todo mundo, por que então ficar naquele encantamento todo só por ter ouvido que Lady Sarita estava à espera? Não querendo aprofundar o assunto, passou a outro tema. "E a Princesa Petúlia? Foi salva do gigante? Casou-se, como disseram as pedras?"

"Ela está à espera", disse Colombina Cristalina.

"A Princesa Petúlia está à espera?"

"À espera", disse Colombina Cristalina.

"A Princesa Petúlia e Lady Sarita, as duas estão à espera?"

Colombina Cristalina sorriu com aquela serenidade.

"Todo mundo está à espera? E meu amigo Tom?"

"Está à espera."

"Ele espera. Ela espera. Eles esperam", suspirou Roger. "Não estou de jeito nenhum convencido de que as suas respostas me ajudem."

Colombina Cristalina deu para Roger o mais sereno de seus sorrisos.

"Espere", disse ela.

22
A transformação

Movendo-se à luz da lua, Roger, a Águia, sobrevoava um mar de trêmulos reflexos prateados. Ele sentia — o quê, propriamente? — tantas coisas. Ele sentia paz de espírito. Tudo o que tinha a fazer era esperar... e encontraria Lady Sarita... e ficaria conhecendo a Princesa Petúlia. Sentia um novo entusiasmo pela busca. Fosse ela qual fosse e onde fosse, teria só que esperar até que se defrontasse com o desafio desconhecido que o revelaria a si próprio. E então sua jornada teria chegado ao fim. E sua vida como águia? Mais cedo ou mais tarde, isso também chegaria a um fim. De certo modo, era triste: ele havia sido uma águia excelente. Conseguiria manter, como homem, essa excelência? Seria difícil? Muito mais difícil?

Sentia-se sereno — não há palavra que melhor caiba aqui — durante o voo de volta para a Divisa Perversa. "Esperem até eu salvar Tom. Ele deve estar pensando que me esqueci dele. Aposto tudo como me perdoará e seremos de novo grandes amigos." Esse doce sonho de amizade fez Roger voar mais alto e mais depressa, disputando uma corrida com a lua acima do brilhante mar prateado. "Esperem até Tom e eu salvarmos Lady Sarita", pensou Roger serenamente. "Esperem até eu salvar a Princesa Petúlia." Era um não acabar de esperas emocionantes, e todas estavam ainda por acontecer. As muitas coisas que ele se preparava para esperar desenrolaram-se na sua frente como uma escada de ouro subindo até a lua e submergindo no mar. "Ah! não vejo a hora!", disse de si para si, com o coração a derreter-se numa mistura de serenidade e alegria.

Foi bem nesse momento que ele percebeu estar perdendo altitude. Havia algum problema com suas asas. Virou para trás sua cabeça de águia, a fim de dar uma olhada.

Opa! Suas asas estavam sendo depenadas; voltavam à forma de braços.

"E esta, agora", suspirou Roger, a ex-águia, ao cair no mar.

23
O Vale de Lágrimas

Alguém o estava beijando. Por que ele cuspia água nela, logo nela, tão carinhosa com ele, a ponto de beijá-lo? E uma desconhecida! Ela lhe deu mais um beijo. A água saiu dele, em torrentes, pela boca. Ela lhe deu outro beijo. Uma cachoeira desceu pelo nariz. E mais outro beijo. Ele lembrou-se de que era preciso fazer alguma coisa. Mas o quê? Alguma coisa além de ficar botando água para fora.

"Respire", disse uma voz suave.

Ah! era isso! Respirar! Mas como poderia respirar se essa mulher desconhecida, aninhando-o em seus braços, insistia em curvar-se sobre ele e beijá-lo? De qualquer modo, mesmo com ela presente, ele começou a respirar. Começou a tossir. Tossiu, tossiu, levou muito tempo tossindo.

"Respire", insistiu ela.

Fácil para ela dizer, mas nem um pouco fácil para ele fazer. Depois de um minuto, conseguiu aprender a respirar e tossir ao mesmo tempo. E arquejar, também. Respirar, tossir, arquejar. Aos pouquinhos pode-se ir longe por esse caminho, e não demorou que ele se sentisse quase pronto a estar vivo de novo. Ergueu os olhos do colo que o apoiava até o rosto que o salvara. O rosto era tão lindo que o deixou sem respiração. Perder a respiração era o tipo da coisa que ele não podia se permitir naquele momento. Começou a arquejar e tossir, tudo outra vez. "Que nome você dá a isto?", foram as primeiras palavras dirigidas por Roger à bela desconhecida.

"Isto o quê?"

"Isto que você acabou de fazer comigo, estes beijos e tal?"

"Isto se chama o Beijo da Vida. Peço desculpas por ter começado a fazer antes de sermos devidamente apresentados um ao outro."

"Não fosse por você, eu teria me afogado."

"Você caiu no mar. Bem ali, ó." Ela apontou para um trecho que ficava a uns oitocentos metros de distância. Roger reparou num rastro de penas flutuantes.

"Como foi que você me salvou?"

"Nadando. De que outra forma poderia ter conseguido?"

Roger não tinha a menor ideia de onde se achava. Parecia estar em algo assim como uma imensa jangada. Mas uma jangada com calça e camisa! "Você fez nadando toda esta distância, daqui até lá?" Olhou para a linda mulher. Era pequenina.

"Sou excelente nadadora", disse ela tranquilamente.

"E depois voltou me trazendo? E me puxou para cima desta jangada? E deu-me o Beijo da Vida?"

"Você teria feito o mesmo por mim."

"Não poderia, não sei nadar. E, além disso, sou eu quem está encarregado de uma busca. Quem ficou de salvar fui eu." O tom de voz usado por Roger denotava um certo mau humor.

"Tenho certeza de que você já salvou muito mais do que era sua obrigação."

"E sempre quem acaba me salvando é uma moça." Esta constatação irritou-o. "Primeiro Lady Sarita, agora você."

A linda mulher ficou radiante quando ouviu mencionar o nome de Lady Sarita. "Você só pode ser o Príncipe Roger. Lady Sarita está a meu serviço. Sou a Princesa Petúlia!"

E deu um sorriso para Roger, sorriso fascinante a ponto de ser paralisador. Mas Roger estava interessado demais no destino de Lady Sarita, portanto o fascínio não teve efeito sobre ele. "Lady Sarita está viva?"

"Está, sim."

"E está passando bem?"

"Está bem."

"Onde está?" Roger olhou à sua volta. Não viu nenhum sinal de Lady Sarita.

"Foi raptada."

"Pensei que a raptada tivesse sido você."

"Eu *estou* raptada."

"Onde está o seu raptor?" Roger olhou à sua volta.

"Você está sentado em cima dele. Eu estou sentada em cima dele, pobrezinho. Essa jangada é o meu raptor."

Roger tentou levantar-se, mas cambaleou. A Princesa Petúlia estendeu-lhe a mão, mas o orgulho dele não lhe permitia aceitar qualquer nova ajuda sua, fosse qual fosse. Deu um jeito de pôr-se de pé, tremendo muito e demorando uma eternidade, por suas próprias forças. Qual não foi o seu espanto ao descobrir que estava pisando, na altura do quinto botão (a contar de cima para baixo), a camisa do cadáver flutuante de um gigante!

"É este o gigante que raptou você?"

"É uma longa história", disse a Princesa Petúlia, também de pé, posicionando-se para amparar Roger caso ele caísse.

"Ele está morto?", perguntou Roger.

"É uma longa história."

"Uma história que tem a ver com Lady Sarita?" Caso contrário, Roger não estava a fim de escutá-la.

"O papel que ela desempenha é muito importante."

"Então pode contar", disse Roger, desabando estatelado sobre o cadáver (não de todo um cadáver, veremos) flutuante do gigante.

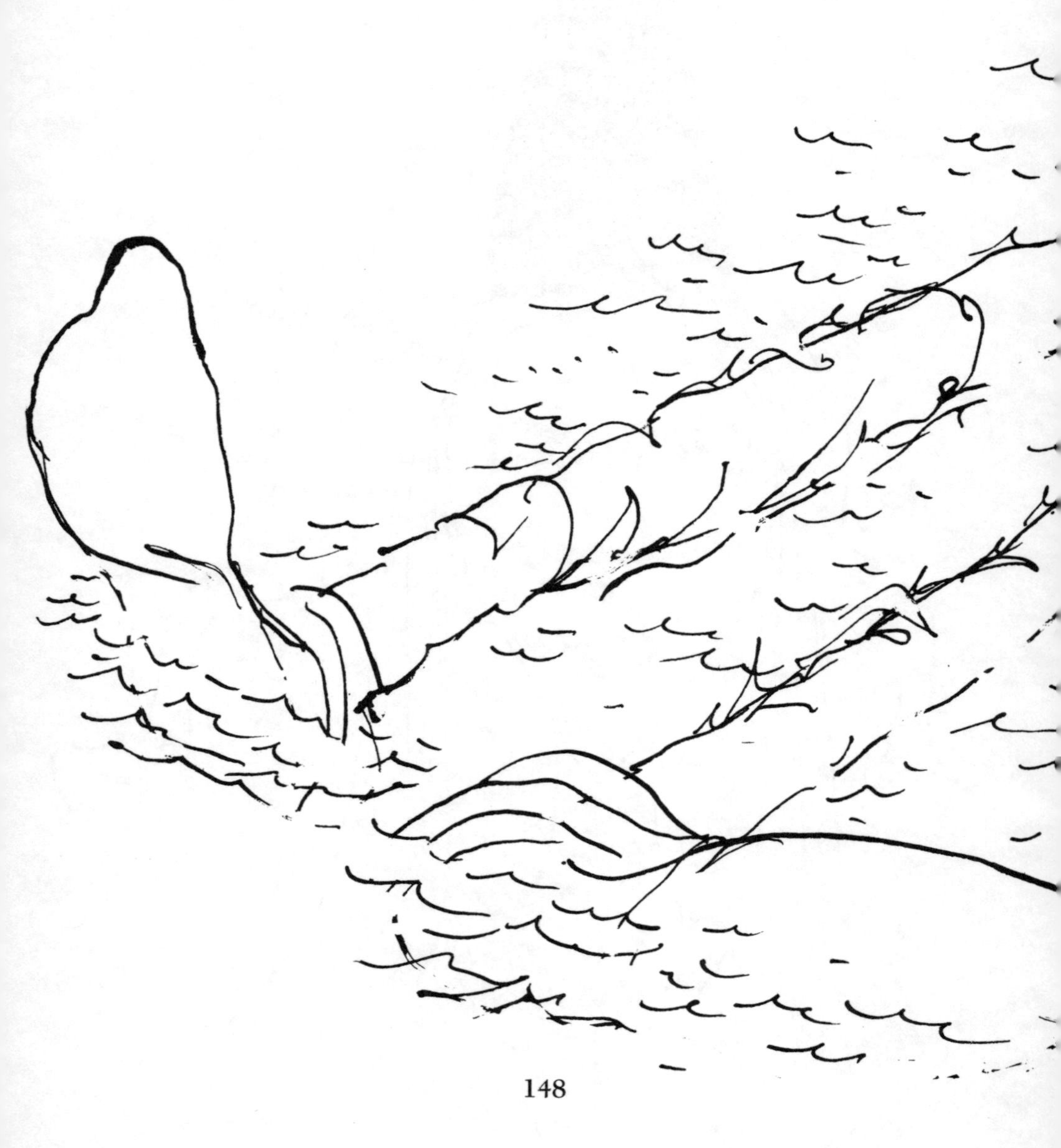

Antes de começar a narração de sua história, a Princesa Petúlia tornou a cobrir o rosto com o véu. Este era tecido de uma malha de ouro tão grossa que não havia como ter certeza da existência de um rosto por trás dele. "Me desculpe, mas uso véu faz tanto tempo que não me sinto à vontade quando estou sem ele. Só o removi para lhe dar o Beijo da Vida. Você é o primeiro homem, desde que nasci, a olhar-me diretamente no rosto sem virar pedra. De qualquer modo, se você continuar me olhando..." Ela hesitou. "É melhor não abusar da sorte."

Ela não pôde deixar de reparar que Roger estava desconcertado. "Você não me acha estonteantemente, e mesmo paralisadoramente, bonita?"

Roger franziu as sobrancelhas. "Agora? Ou antes?"

"Você não está conseguindo me ver agora. Eu digo antes."

"Escute, eu não vou virar pedra, se é isso que está preocupando você."

"Estarei perdendo meus encantos?" A Princesa Petúlia parecia satisfeita.

"Não quero ferir seus sentimentos ou nada que..."

"Por favor, seja franco."

Roger teria gostado de encontrar uma forma mais delicada de se expressar. "Você é a mulher mais bonita que eu já vi, mas... é mais velha do que eu, não é não?"

Roger sentiu nitidamente passar uma corrente gelada no ar. Ao gelo seguiu-se um silêncio. O gelo e o silêncio se prolongaram — por demasiado tempo, pensou Roger — até que a Princesa Petúlia suspirou e começou sua história.

"Fui abençoada com uma beleza tão estonteante que, do momento em que nasci, minha bênção se tornou minha maldição. O médico da corte que fez o parto de mamãe deu-me uma única olhada, disse: 'É uma linda men...', e virou pedra. O primeiro garoto que brincou comigo — eu tinha três anos —, o Duque de Pasmo, de pura provocação levantou o véu que me obrigaram a usar desde que nasci. Pumba! Virou pedra. A rainha, minha mãe, achou que meus dentes estavam nascendo tortos. Mandou vir o dentista da corte. Ele implorou para não me examinar. 'Examine só os dentes, que nada de mal lhe acontecerá', assegurou-lhe minha mãe. Cobriram com um capuz toda a extensão do meu rosto, exceto a boca. O dentista terminou o exame e minha mãe tinha razão: nada de mal lhe aconteceu. O pobre coitado encheu-se de confiança e disse para mim: 'Não doeu nada, não foi, princesinha? Então dê para o seu querido amigo, o dentista da corte, um sorriso bem bonito'. Eu sorri. Meu sorriso é estonteantemente bonito. O dentista virou pedra.

"Quando cheguei à idade, o rei, meu pai, ofereceu uma fortuna em ouro e a minha mão em casamento para qualquer pretendente de nobre linhagem que me olhasse no rosto e não virasse pedra. Pretendentes de sangue real viajaram dos quatro cantos do mundo para responder ao desafio. Todos eles eram jovens, bonitos, fortes e corajosos. Todos eles hoje estão transformados em pedra. Ano após ano, a mesma coisa. E você tem razão, já não estou no meu esplendor primaveril... mesmo assim, minha beleza não diminui. Centenas de estátuas de pedra distribuem-se ao longo dos muros de nosso palácio, cada uma delas inclinando-se para a frente com um braço estendido. O polegar e o indicador se unem, congelados para toda a eternidade, no gesto de levantar um véu.

"Você pensa que eu sofri com a sorte dos meus pretendentes de pedra? Não. Como poderia? Todos falharam. Meu coração endureceu em relação a eles. Meu coração virou pedra.

"E assim foi, até surgir o gigante. Ele não era nobre. Mas era grande. Do tamanho de três carvalhos se fossem erguidos um em cima do outro. A notícia de minha estonteante beleza havia chegado até ele em suas andanças. Porque andar e vagar era o que ele fazia o tempo todo, pobrezinho. Seu tamanho inspirava medo e ódio. Era corrido de um lugar para ou-

tro, sem conseguir comer nem beber em paz. Ficou fraco. Doente. Volta e meia tropeçava. Esmagava tudo que estivesse embaixo dele quando caía. Cidades inteiras. Florestas inteiras.

“Levava mais tempo caindo do que se mantendo em pé. Passaram a zombar dele por causa disso. Seu nome era Teobaldo, mas os inimigos rebatizaram-no de Tombado. Tombado, o gigante que vivia aos tombos. Em seu estado febril, chegou a acreditar que se me salvasse seria amado. Estava convencido de que poderia olhar para mim sem perigo porque a distância entre sua cabeça e a minha, quando ele levantasse o véu, seria de uns duzentos metros.

“Mas ele não é de sangue azul. E sabia muito bem que o rei, meu pai, enviaria seus exércitos para acabar com ele antes que conseguisse transpor os muros do palácio. Tinha perfeita consciência de que precisava guardar segredo sobre seu plano.

“Era um plano simples. Um dia, de

manhã, escalaria os muros do palácio e me raptaria. Sairia me carregando em tal disparada que os cavalos de meu pai jamais o alcançariam.

"Ele imaginava então como seria o resto da história. Bem no alto de uma montanha, levantaria o meu véu. E, na hora em que ele não virasse uma estátua, o rei, meu pai, o perdoaria e lhe concederia minha mão, além de pagar-lhe um régio resgate em ouro. O gigante e eu nos casaríamos.

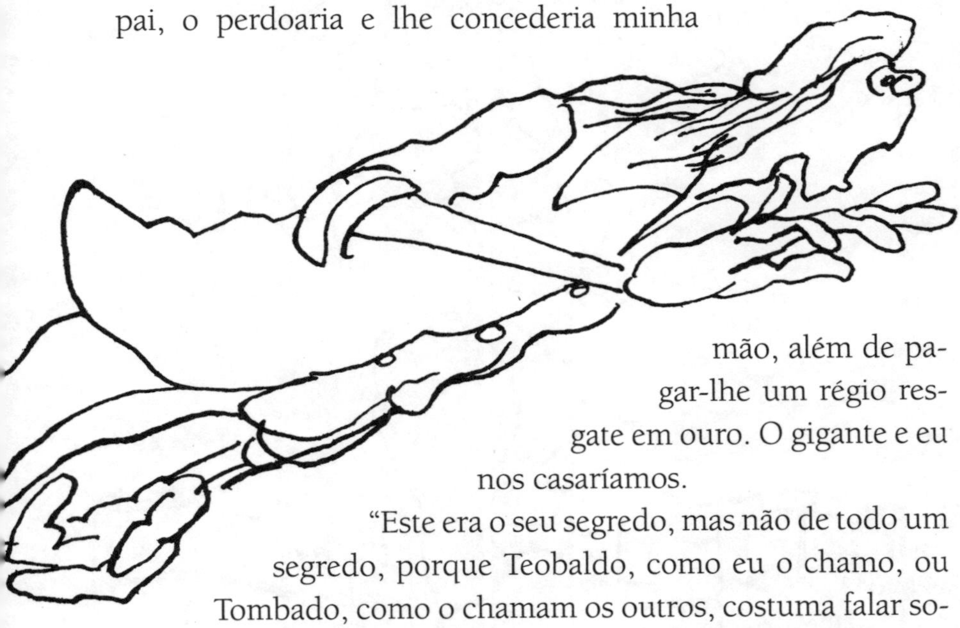

"Este era o seu segredo, mas não de todo um segredo, porque Teobaldo, como eu o chamo, ou Tombado, como o chamam os outros, costuma falar sozinho. Não tem com quem falar. E como é da altura de três carvalhos se fossem erguidos um em cima do outro, a voz dele cobre vastas distâncias. Chegou até a guarda real de meu pai, e foi aí que os soldados se prepararam para matar Teobaldo na hora em que ele pusesse os pés dentro do reino.

"Acontece que eu fiquei sabendo quando planejaram matar o gigante que planejava me raptar. Por algum motivo que não consigo imaginar, eu quis que o gigante tivesse a mesma oportunidade que havia sido dada às setecentas estátuas alinhadas ao

longo dos muros do palácio. 'Deixe que ele levante meu véu!', implorei ao rei, meu pai. Mas, ah, ele já não liga para o que eu digo, e por que haveria de ligar? Sou uma enorme decepção para ele. Uma estonteante beldade, e não fui capaz de dar, ao rei e à rainha, meus pais, nem uma vez que fosse, um instante sequer de paz ou prazer. Meu pai não fez caso de minhas súplicas. Mandou que acabassem com Tombado, o Gigante.

"E por que isso deveria significar alguma coisa para uma princesa com um coração de pedra? Só encontro uma resposta: é que eu sou meio estranha. Princesa Petúlia, a Estranha. Raptei-me a mim mesma.

"Fugi do palácio semanas antes da ocasião em que o gigante estava sendo esperado. Fui à procura dele. Não foi difícil encontrá-lo. Bastou-me seguir uma voz que contava segredos. Percorri muitos quilômetros ao longo de muitos dias, mas afinal o descobri. Estava deitado de costas num leito de riacho quase seco que havia na montanha. Tinha caído ali poucos dias antes e estava fraco demais para conseguir se levantar. A aparência era de alguém que estava muito, muito doente. Mas tão, tão... um amor de pessoa! Senti o impulso de ajudá-lo. Pois é, meu coração de pedra comoveu-se. Qual a razão de ele ter se comovido, por que permiti que se comovesse, essas são perguntas que eu me faço até agora, sem encontrar respostas. Tentei ajudá-lo a levantar-se. Não consegui. Ele era grande demais. Tentei encontrar comida para ele. Sei pescar; aprendi com o rei, meu pai. Mas as poucas criaturas que consegui fisgar no rio mal serviram como aperitivo para ele. Nada que eu pudesse fazer iria salvá-lo.

"Sou uma princesa.Venho de um reino poderoso. Eu mesma sou poderosa. Posso fazer com que os homens virem pedras, mas não consegui transformar o riacho de águas rasas, em que o gigante se deitou para morrer, numa fonte repleta de peixes que o mantivessem vivo. Chorei. Pela primeira vez na vida. Eu já havia feito os outros chorarem, às centenas, mas jamais havia sentido o sal de uma lágrima correr pelo meu rosto. Não entendia por que estava chorando. Desamparo? Impotência? Pura raiva? Chorei e chorei e chorei. Lágrimas que primeiro caíam como pequenos flocos de neve desabrocharam até alcançar o tamanho de verdadeiras peônias. Eram um aguaceiro desabando. O dilúvio não tardou a provocar uma enchente no riacho quase seco da montanha, as águas da enchente alastrando-se para fora das margens. As lágrimas viraram ondas e as ondas formaram um mar, este mar aqui em que flutuamos, este mar em que você caiu..."

"Afogado num vale de lágrimas", refletiu Roger, repetindo a expressão usada por Colombina Cristalina.

Se ele tivesse acesso ao rosto estonteantemente belo da Princesa Petúlia por baixo do véu, veria ali estampada uma imensa surpresa no olhar dela. "Como foi que você soube?"

"Como foi que eu soube o quê?"

"Resolvi chamar este mar de Vale de Lágrimas. Pesquei dias e noites sem parar. Peguei duzentas percas listradas que dei para o gigante comer.

"Para ele era como se fosse só uma provadinha. Mas a provadinha serviu para animá-lo. Se não deu para que se levantasse, deu pelo menos para que conseguisse conversar. Foi a conversa mais interessante que já tive com um homem! (O que não significa grande coisa, já que todos os outros se transformaram em pedra.) Sobre que conversamos? É difícil dizer. Ele não é dos mais instruídos, na verdade não é nem um pouco instruído. Mas, por causa da grande altura que tem, ele vê as coisas. Observa. Muito pouco lhe escapa. Ao passo que a mim, com este véu tapando-me os olhos, tudo me escapa. Aprendi muito com o gigante. Nossas conversas dissolveram meu coração de pedra.

"Conversávamos o dia todo, à noite eu pescava. Depois de um mês ele sentiu-se suficientemente bem para erguer-se no leito do riacho. Deu três ou quatro passos, tornou a cair no mar. E foi onde você nos encontrou. Estamos flutuando há meses. Tem horas que ele parece que vai morrer, aí melhora. Salvei sua vida uma porção de vezes. De piratas saqueadores. De aves de rapina. Fico pescando, conversamos. Quando ele se sente disposto, faço-lhe perguntas, e ele me diz tudo o que quero saber. Vez por outra, ele consegue que eu sorria por trás de meu véu de lágrimas, enquanto vamos nos deixando levar neste Vale de Lágrimas.

"Um dia, não faz muito tempo, uma folha caiu no mar

perto de nós. Por que reparei nessa folha, ou por que a retirei da água, não tenho a menor ideia. Como você certamente está sabendo, a folha era Lady Sarita, minha amiga querida, a minha dama de companhia. Durante semanas ela havia se deixado empurrar pelo vento, à minha procura. Passados dois dias, voltou a ser ela mesma, e caímos nos braços uma da outra. Ela me informou sobre o Príncipe Roger e a busca em que estava empenhado. Ou seja, a busca em que você está empenhado. E que você viria salvar-me e levantar o meu véu. E que você *não* viraria pedra. Não acreditei muito. Mas ela estava certa. Devo considerar, imagino, que tudo isto que está acontecendo é muito bom. E considero, sim, de uma certa maneira. Meu pobre gigante, Teobaldo, ainda não me viu sem o meu véu. Receio o efeito que o choque poderia ter sobre ele. Ao passo que sobre você", aqui ela fez uma pausa, "não tenho efeito nenhum. Suponho que o próximo passo seja irmos ao encontro do rei, meu pai, recolhermos a sua fortuna e nos casarmos." A última frase foi dita num sussurro, como se ela não quisesse ser ouvida pelo gigante.

"Não faço você rir. Você não me faz virar pedra. Acho que fomos feitos um para o outro", disse Roger, sem entusiasmo.

"E por que deveria eu rir? Você disse alguma coisa engraçada?", perguntou a Princesa Petúlia.

"Lady Sarita foi raptada?", disse Roger, levando a conversa de volta para a pessoa mais presente no pensamento dele.

"Uma semana antes de você cair do céu, um bandido repentinamente surgiu do mar. Era de noite. Ele nos pegou de surpresa, do contrário teria sido rechaçado por nós, da mesma forma como rechacei piratas e saqueadores. Ele pareceu surgir do nada, mal me dando tempo para me esconder no bolso da camisa do gigante. Lady Sarita tapou o rosto com um dos meus véus e enfrentou-o. Senti-me pessimamente ao deixar que ela o enfrentasse sozinha, mas eu tinha um gigante sob minha proteção. O homem agiu de um modo que não fazia o menor sentido. Parecia um tanto maluco. Disse que o seu melhor amigo tinha procedido mal com ele e que pretendia vingar-se do fulano raptando a bela princesa que era o objetivo da busca desse amigo. Dito isso, agarrou Lady Sarita e saiu nadando para longe com ela."

O rosto de Roger perdeu toda a cor.

"Você me parece doente", disse a Princesa Petúlia. "Sei lá, como se estivesse para desmaiar. Estou quase gostando de você pela primeira vez. Você me faz lembrar o meu gigante."

"Onde está ela? Tenho de ir salvá-la!"

"Se não me engano, era a mim que você tinha a missão de salvar."

Como única resposta, Roger mergulhou no mar e nadou pela primeira vez em sua vida. Primeiro numa direção, depois noutra. "Pra que lado fica a terra?", gritou para a Princesa Petúlia.

Ela apontou para o Sul. "Devo esperar que você volte para me salvar... ou não? Não precisa se ofender, mas, para mim, na verdade, tanto faz", disse-lhe.

A voz de Roger chegou de uns quatrocentos metros de distância: "Não espere!".

24
Tom de volta ao livro

Lady Sarita e Tom estavam tendo uma conversa, uma das muitas desde que ele a raptara. A conversa era mais ou menos a mesma de sempre.

Tom dizia algo no gênero de: "Acho que devemos partir hoje. Já, sem demora".

Lady Sarita respondia: "Mas e Roger?".

O que levava Tom a dizer: "Estou cansado de esperar por Roger. Se ele estava a fim de salvar você, já deveria ter aparecido a esta altura".

Em geral essas conversas se davam depois do jantar, todas as noites junto às brasas de uma fogueira. Eles se achavam numa floresta, mas não na Floresta Para Sempre, graças a Deus. Era uma floresta com muitas entradas e saídas. E, de um extremo a outro, clara como o dia porque as árvores maiores não chegavam a um metro de altura. Por isso era chamada de Floresta Baixa.

Tudo na Floresta Baixa era de tamanho pequeno, desde as árvores até as flores, os lagos (não maiores do que banheiras) e os caminhos (tão estreitos que obrigavam a pessoa a andar de lado). Foi para lá que Tom tinha levado Lady Sarita (achando que se tratasse da Princesa Petúlia). Ele queria que Roger não demorasse a encontrá-los, para que a vingança também não demorasse.

Tom estivera bolando o seu plano logo depois que Roger, a Águia, o plantou no meio da Divisa Perversa. "Mais uma razão para eu me vingar", pensou Tom, sentado dois dias e duas noites num aglomerado de pedras. A raiva não era suficiente para dar vontade de matar Roger. Ele estava acima disso. Mas era suficiente, *sim*, para que ele desejasse derrotar, mortificar e humilhar o amigo, para tornar seu futuro um horror e sua vida uma ruína completa. Tal atitude a ser tomada contra Roger pareceu a Tom mais madura e até certo ponto tão satisfatória quanto matá-lo.

No terceiro dia o plano estava concluído. Ele não iria destruir Roger, mas sua busca. Como Roger havia lhe explicado, sua busca consistia em salvar a Princesa Petúlia. Tom frustraria esse salvamento chegando à princesa antes dele. Não lhe parecia haver nisso um grande problema. Tudo o que precisava fazer era sair do livro e tornar a entrar nele até topar com a princesa.

A sorte estava a seu favor. Na quinta tentativa, foi parar no capítulo do "Vale de Lágrimas". A primeira coisa que viu foi uma jangada. Não podia nem imaginar que se tratasse de um gigante! A segunda coisa foi a figura velada da Princesa Petúlia. Não podia nem imaginar que se tratasse de Lady Sarita! A sorte às vezes é assim: mesmo estando a favor, gosta de brincar com as pessoas.

Acontece que Lady Sarita era uma lady cheia de expedientes. Provavelmente não precisaria ser raptada se não o quisesse. Ela deixou Tom raptá-la por duas razões. A primeira era: proteger a Princesa Petúlia, que havia se escondido no bolso do gigante. A segunda: tinha certeza de que Roger viria em seu socorro. E se o próprio Roger não conseguisse sozinho derrotar Tom, ela não tinha a menor dúvida de que poderia ajudá-lo.

Lady Sarita não formou um juízo muito favorável sobre Tom. O Roger que ela havia começado a admirar poderia ter demonstrado melhor gosto na escolha de seus amigos. No seu modo franco de se expressar, ela logo encontrou uma palavra para definir Tom. A palavra era *bocó*.

Como foi que Lady Sarita e Tom preencheram seu tempo nessa semana em que estiveram juntos? *Ela* preencheu o seu provocando-o. "O Príncipe Roger não passa de um garoto, você é um homem-feito. Forte. Poderoso."

"Era exatamente o que eu estava pensando", observou Tom.

"Ele é um príncipe envolvido numa busca. Acha que a sorte está do lado dele. Vai se sentir ultrasseguro e não vai ser páreo para um homem como você."

"Engraçado como duas pessoas com formação tão completamente diferente uma da outra podem pensar de maneira tão parecida", disse Tom.

"E depois de você ter feito o que fará com ele, você e eu podemos ir ao rei, meu pai, e..."

"Por que haveria eu de querer tal coisa?", perguntou Tom.

"E eu retirarei meu véu..."

"Você não está falando sério!", exclamou Tom.

"Ele não nos dará permissão para casar se eu não retirar o véu."

Tom em nenhum momento sequer havia pensado em casar-se com Lady Sarita, que se fazia passar pela Princesa Petúlia. Mas agora que ela mencionou isso... por que não? "Mas... mas... mas não vou virar pedra?"

"Mas e se não virar?"

"Mas e se virar?"

"Se você gostasse de mim..." Lady Sarita virou o rosto para o lado, fingindo estar magoada.

Tom estava farto. "Estou pouco me lixando com você. Só quero me vingar!"

"Há uma forma de descobrir se você vai virar pedra", disse Lady Sarita.

"Como?", perguntou Tom, emburrado.

"É só eu levantar meu véu um tiquinho assim..." Ela fez o gesto de tocar o véu.

"Não!", Tom gritou com pavor. Escondeu o rosto com as mãos. "Não estou preparado", murmurou entre os dedos.

"A gente deixa para amanhã."

Durante sete dias a conversa deles girou em torno disso. E, no oitavo, Roger apareceu.

25
Pedra

Sei que vocês estão aflitos para que eu diga se em seguida houve uma tremenda de uma luta ou não. Houve. Os resultados dessa luta ficam para daqui a pouco. Primeiro, tenho que contar como foi a conversa que precedeu a luta. O costume seguido naqueles tempos era que reis, príncipes e cavaleiros não entravam numa batalha sem antes ter uma boa e longa conversa com seu inimigo. Se vocês lerem a *Ilíada*, de Homero, verão que seus heróis, antes de travar combate, contavam a seus adversários mais sobre si mesmos, quase, do que vocês estariam dispostos a contar a seu melhor amigo. De onde eles eram, o que o pai deles fazia, a história inteira de suas vidas, exceto, talvez, como haviam passado as férias de verão.

Roger e Tom não foram levados a fazer isso porque tinham sido amigos antes de se tornarem inimigos figadais. Já sabiam tudo o que havia para saber um do outro. O que tornava ainda mais difícil para eles pensar em alguma coisa para dizer. E, assim, ficaram, frente a frente, a trocar entre si olhares idiotas, junto às brasas reluzentes da fogueira.

Isso aconteceu logo depois do jantar, quando Tom e Lady Sarita estavam no meio da mesma conversa de sempre e ele se mostrava muito mal-humorado. Foi, portanto, animadora, para ele, a interrupção provocada por Roger; gostaria, apenas, que um deles encontrasse algo para dizer.

Roger também gostaria. O que ele trazia dentro de si era confuso demais para resolver-se em forma de palavras. Além do que, estava exausto depois de tantos dias de caminhada — trec, trec, trec — por florestas altas, florestas de tamanho médio e finalmente pela Floresta Baixa. Deixou-o intrigado o fato de Tom ser capaz de mover-se com uma facilidade tão desconcertante de um lugar para outro: capaz de sair da Floresta Para Sempre, depois capaz de sair da Divisa Perversa. Por que era tão fácil para ele o que era tão difícil para Roger?

Esse, Roger percebeu, não era um bom assunto para a conversa que ambos deveriam ter antes do combate. Ele não queria iniciar um salvamento parecendo que se queixava (como Tom), e, além disso, sentia-se magoado e confuso demais para colocar as coisas num terreno pessoal. Tom certamente já não era seu amigo, mas ele não se sentia um inimigo. Assim, que outra coisa havia para dizer senão "Não entendo"? E isso

Roger, no seu orgulho, não se permitia dizer diante de Lady Sarita. Portanto se limitou a esperar junto à fogueira, com cara de idiota.

Cabia claramente a Tom abrir a conversa de introdução à luta, se era que, de fato, iria haver uma luta.

"Você não é mais uma águia", resmungou Tom.

"Não", disse Roger, aliviado por alguém ter quebrado o gelo.

"Você não é uma pedra, nem uma cadeira, nem um sapo", Tom disse, zombando.

"Não."

"No entanto, não estou rindo!" Tom mostrava-se orgulhoso, de um orgulho hostil e mesquinho.

"Não."

"Você é você mesmo. Está usando seu próprio corpo, que antigamente me fazia dobrar em gargalhadas. Mas não estou rindo. Nem me dobrando. *Ha-ha.*"

"Você acabou de rir", disse Roger, um tanto impaciente com a caçoada de Tom.

"Sim, mas não estou rindo com você, estou rindo *de* você. Portanto estou me vingando. Mesmo antes de começarmos."

Sem dúvida, Roger deveria prestar mais atenção nesse sujeito odioso e em sua espada, mas o príncipe constantemente desviava o foco para Lady Sarita por trás do véu. "Você está bem, Lady Sarita?"

"Esperando que você viesse me salvar." Ela parecia contente, não irritada, o que fez o coração de Roger bater mais depressa.

"Por que você a está chamando de Lady Sarita?", Tom quis saber.

Nem Roger nem Lady Sarita se deram ao trabalho de responder. "Fico feliz de que você esteja sã e salva."

"Ainda não estou salva", disse Lady Sarita.

"Sim, mas é bem melhor do que a Divisa Perversa, você tem de reconhecer."

"É melhor. E é pior ", disse Lady Sarita.

"Por que diz isso?", perguntou Roger.

"Estávamos sós na Divisa Perversa. Essa era a parte boa." A voz dela vinha rouca de trás do véu.

"Passamos bons momentos. Lembra-se?" Os olhos de Roger brilhavam.

"Penso neles dia e noite", murmurou Lady Sarita.

Tom interrompeu. "Ei, não íamos duelar ou lutar ou algo assim? Como é que é? Que é que está acontecendo?"

Roger virou-se e deu uma olhada em Tom, como se fosse pela primeira vez. "Você algum dia foi realmente meu amigo?"

"Não fui eu quem desertou *você*", retrucou Tom.

"Tem razão. Já não faço você rir." Voltou-se para Lady Sarita. "Tampouco a você."

"Você me faz sorrir", disse ela.

"Não a vejo sorrir." Roger franziu as sobrancelhas.

"Estou usando véu", Lady Sarita tratou de lembrar-lhe.

"Seus olhos não estão sorrindo", saiu de Roger numa espécie de repreensão.

"Perdoe minha franqueza, mas estamos aqui diante de um homem que quer matá-lo. Não tenho motivo para sorrir."

Roger abanou a cabeça com impaciência. "Ninguém vai matar ninguém, e esse é um motivo para você sorrir."

"Se é assim, sorrirei", disse Lady Sarita.

Roger viu quando seus olhos, que eram tudo o que ele podia ver do seu rosto, começaram a dançar, depois tremeluzir, depois cintilar. Por baixo do véu ele sabia o que iria encontrar. Iria encontrar um dos sorrisos mais fantásticos deste mundo, inspirado por ele! Não pelo fato de que ele fazia as pessoas rirem — não era esse tipo de sorriso. Roger percebeu isso. E, ao perceber isso, ele forçosamente também teve que sorrir. Portanto ali estavam os dois, alheios a tudo o mais e sem pensar em mais ninguém (certamente não em Tom!), com a atenção toda voltada para os seus sorrisos em conexão. Tom puxou sua espada e brandiu-a no ar. "Vocês realmente estão me destratando. Vocês me fazem sentir como se eu não estivesse presente, depois de toda a trabalheira que tive para chegar aqui."

"Antes eu ainda não havia reparado nos seus olhos", disse Roger a Lady Sarita, sem dar a menor atenção a Tom. "Quero dizer: reparei que você *tinha* olhos, mas antes não tinha reparado exatamente no tipo deles."

Como se em resposta ao que ele acabava de dizer, os olhos de Lady Sarita arregalaram-se enormemente. “Cuidado! Olhe para trás!”, gritou ela.

Roger girou o corpo e deu com Tom, que investia contra ele, a espada apontando para sua perna direita. “Não suporto que me ignorem!”, rugiu Tom. “Vou me vingar arrancando seu braço direito e sua perna direita, para que você passe o resto da vida desequilibrado!”

Eu disse que a luta foi tremenda, e foi mesmo. Tremendamente chata. A luta mais chata que vocês já possam ter lido numa história. Se fizerem um filme deste livro, posso apostar como filmarão a luta de um modo que ela pareça emocionante, mas não acreditem neles. Não foi nada disso. Tom movia seu corpanzil em gestos desajeitados, e, por mais que pensasse que queria mutilar Roger, não tinha o menor empenho em conseguir tal coisa. Errava os golpes mais fáceis. Avançava com a espada sobre o braço de Roger e, embora este nem se esquivasse para o lado nem se abaixasse — na verdade, mal se mexia —, a espada ia dar a um quilômetro do alvo.

Roger cuidou tão pouco de se defender que era difícil acreditar que ele estivesse travando uma luta. A impressão que se tinha era de que Tom estava executando um solo de dança de espada e de que Roger estava na plateia.

Lady Sarita preocupara-se mais do que Roger, mas, depois de passar uma hora inteira vendo Tom repetir suas investidas furiosas e errar sempre, concluiu que o príncipe não corria nenhum perigo, e que ela própria tinha mais o que fazer. Foi até um lago em miniatura, parcialmente escondido por um aglomerado de pinheirinhos baixos, e lá se banhou pela primeira vez numa semana. Enquanto se banhava, o pensamento girou em torno de Roger. Pensar em Roger fez com que ela cantarolasse sem abrir a boca. A melodia de seus devaneios era alegre.

Enquanto isso — voltando a falar da luta —, aconteceu que Roger, mais por cansaço do que por qualquer outra coisa, tropeçou num terreno escorregadio coberto de ervas daninhas. Sua espada voou-lhe da mão e foi parar aos pés de Tom. Roger estatelou-se no chão, indefeso. Tom viu que não tinha outra alternativa senão matá-lo. Mesmo contra sua vontade. Pegaria mal para ele se não o matasse. Seria visto como um molenga, um delicado, um maricas, um frouxo, um estúpido, um idiota.

A essa altura, Lady Sarita terminara seu banho. Quando vestiu os mesmos trajes sujos e malcheirosos que vinha usando fazia dias, ficou logo de mau humor. Realmente, já estava *por aqui* dessa aventura! Distraída pela irritação que agora dominava seus pensamentos, percebeu muito vagamente, com o canto do olho, que Tom levantava sua espada acima da cabeça, com uma diferença de apenas um segundo antes de baixá-la sobre o pescoço de Roger.

"Tom!", ela o chamou com a voz bem estridente.

Tom girou o corpo, aliviado pela chance de não matar Roger.

Lady Sarita deu um passo à frente dos pinheirinhos. Abordou Tom sem nenhuma arma, nenhum argumento, nenhuma súplica por misericórdia, nenhum pedido de compaixão. Sem qualquer recurso. Tom ficou esperando que ela pensasse em algo que pudesse impedi-lo de fazer o que na verdade ele não estava querendo fazer.

Durante essa pausa, que foi bastante longa, Roger teve todo o tempo do mundo para reerguer-se de um salto, agarrar Tom com uma chave de braço ou bater-lhe na cabeça com uma pedra ou agir de algum modo que o tirasse daquele aperto. Mas não, simplesmente ficou onde estava, deitado de costas, olhando para a figura velada de Lady Sarita, com a mesma fascinação de assombro que acometera Tom.

Lady Sarita deu um passo mais para perto de Tom. Ele gritou. Ele *sabia* o que ela ia fazer, antes de ela fazer. Em desespero, Tom levou as mãos para cima a fim de esconder o rosto, esquecendo completamente que sua mão direita empunhava uma espada. O golpe aplicado por seu próprio punho fez com que cambaleasse. Depois de ter estado zonzo uns momentos, a primeira coisa que viu foi Lady Sarita soltando o véu. Tom receou que seu coração explodisse. Lady Sarita pegava o véu levemente com a ponta do polegar e do indicador. Tom ficou branco, os olhos saltados, as pernas bambas. Lady Sarita soltou o véu. Ele foi caindo, foi caindo, até o chão da Floresta Baixa. O que se revelou, na ausência do véu, foram as feições de uma jovem bem-apessoada, sem nada de extraordinário. Deu na mesma. Tom se transformou em pedra.

26
Na verdade, não

Como poderia Tom se transformar em pedra? Lady Sarita tinha aparência agradável, sem dúvida. Mais do que isso: ela era atraente. Mas a ponto de fazer um homem virar pedra? Eu não diria tanto.

Não, Tom transformou-se em pedra porque simplesmente meteu na cabeça que lhe aconteceria isso. Transformar-se em pedra era o que acontecia a quem olhasse a Princesa Petúlia no rosto. Lady Sarita estava se fazendo passar pela Princesa Petúlia. Ela o enganou. Deixou cair seu véu, sabendo que isso o aterrorizaria. E, desse modo, ela poderia salvar Roger, o que para ela já ia se tornando um hábito.

Na verdade, Tom não se transformou em pedra. Mas ficou uma semana em pé no mesmo lugar, rígido como uma estátua, até se dar conta do que havia acontecido. Essa percepção só veio depois de ele sentir sede e fome. "Estátuas de pedra não têm sede", foi seu primeiro pensamento. "Estátuas de pedra não têm fome", foi seu segundo pensamento. "Estátuas de pedra não pensam", foi seu terceiro pensamento. E então concluiu — com uma semana de atraso, muito depois de Roger e Lady Sarita terem dado o fora — que ele era mesmo de carne e osso.

Não sabia como nem por quê, só sabia que havia mudado de carne e osso para pedra — e, depois, fizera o caminho inverso. Ninguém seria capaz de convencê-lo de que não tinha razão. Estava absolutamente certo de que, de todos os pretendentes que a Princesa Petúlia petrificara, apenas *ele,* Tom, era suficientemente especial, suficientemente viril para conseguir voltar ao que era depois de ter sido pedra.

Uma vez recheado o estômago, não houve jeito de Tom pensar em outra coisa que não fosse no quão extraordinário ele era. No quão melhor do que qualquer dos demais ele deveria ser para efetuar essa volta sem precedentes. Quão melhor do que Roger, sobretudo. Já não precisava se vingar. *Estava* vingado. Mais do que vingado. Podia sair do livro, não como um palhaço que caiu num canteiro de rosas espinhentas, não como um bobo tapeado por seu melhor amigo, não como um grotesco ou um mau-caráter — podia sair do livro com a cabeça erguida, como um herói, como o homem que voltou de ser pedra.

Tom está deixando o livro neste momento. Não tem retorno. Não direi sobre ele mais nada, a não ser que vive feliz para sempre. Sozinho. Dia após dia, acalentando a lembrança de que já foi uma estátua e hoje não é mais.

27
O penúltimo capítulo

Escolhi dar a este capítulo esse título porque, muitas vezes, quando vou chegando ao fim de um livro que estou lendo, não consigo deixar de pensar em quantas páginas ainda faltam para acabar. Aí dou uma corrida até o final e espio. E acabo descobrindo coisas que não queria saber. Por isso desde há muito acho que seria uma boa ideia para os livros se assinalassem as distâncias a percorrer, assim como com a mesma finalidade se instalam placas nas estradas.

Agora, voltando à nossa história. A primeira coisa que a Princesa Petúlia disse para Roger quando ele e Lady Sarita voltaram para Teobaldo, a jangada gigante, foi: "Eu sei que você é o único homem que já me olhou no rosto e não virou pedra. Sei, além disso, que você fez de mim o motivo de sua busca. E mais ainda: que espera me levar de volta ao reino de meu pai, onde receberá a recompensa e em seguida nos casaremos. Tudo isso estou lhe dizendo movida por um espírito de amizade, porque no curto espaço de tempo que passamos juntos pude sentir em você um homem bom e uma alma gentil".

"É uma honra para mim", disse Roger, com o coração em pedaços.

"Você é um amigo de verdade", disse a Princesa Petúlia.

"É uma honra para mim", disse Roger, no auge da depressão.

"Amigo de verdade, eu preferiria morrer a me casar com você", disse a Princesa Petúlia.

“Iuuupiii!”, gritou Roger, agarrando Lady Sarita pela cintura e rodando-a no ar.

"Apaixonei-me pelo gigante", disse a Princesa Petúlia.

"Apaixonei-me por Lady Sarita", gritou Roger.

E Lady Sarita, que tinha para dizer nessa ocasião tão especial? Ela disse para Roger: "Posso ser simples e franca no que eu falo, posso ser simples e franca no que eu penso, quem me olhar pode me achar simples e franca, mas sinto-me estonteantemente linda quando estou com você".

"Me deem comida", disse a voz mais grave e mais retumbante que Roger já ouvira em toda a sua vida. O gigante havia acordado. Roger tinha esquecido de que ele estava ali, a não ser como alguém que servia para a gente flutuar em cima.

Roger, Lady Sarita e a Princesa Petúlia pescaram a noite toda. Pegaram bonitos, cavalinhas, linguados, anchovas, a noite toda pescando e a noite toda conversando. O gigante também entrou na conversa. Depois de jantar trezentos peixes, ele estava realmente animado. Tão animado que puxou uma briga com a Princesa Petúlia. Briga de namorados, a primeiríssima que tiveram.

"Já caí antes, mas nunca havia caído de amores por ninguém", começou ele. "É a primeira vez que me apaixono. E é a última. Tenho um pedido a fazer. É o único pedido que lhe farei em toda a minha vida. Se sua resposta for *não,* eu sairei por aí... sumo, desapareço... você não tornará a me ver, apesar de todo este meu tamanhão. Mas, se sua resposta for *sim,* amarei você, tratarei você com o maior carinho, estarei a seu serviço e não me afastarei do seu lado até o dia em que você morrer ou eu morrer ou nós morrermos, o que nunca acontecerá, porque seremos felizes demais. Mas, isso, só se você responder com um *sim.*" O gigante fez uma pausa. Nada mais justo. Havia muito tempo não falava tanto assim.

"Qual é o seu pedido?", perguntou a Princesa Petúlia durante a pausa.

A pausa continuou. O gigante não disse nada. Depois de não dizer nada cinco minutos, ele limpou a garganta. O som produzido pela garganta sendo limpa dispersou a passarada que tinha seus ninhos à beira-mar. Os peixes fugiram para o fundo do oceano. "Eu gostaria", disse o gigante no mais doce e humilde registro de sua voz ribombante, "que você levantasse seu véu."

"Não", respondeu a Princesa Petúlia. "Você se transformará em pedra."

"Eu gostaria", repetiu Teobaldo, o Gigante, no mais doce e humilde registro de sua voz, "que você levantasse seu véu."

"Não me atrevo", respondeu a Princesa Petúlia.

"Antigamente eu estava ligado na sua beleza. Aí, sim, eu poderia ter me transformado em pedra. Agora estou ligado no seu amor, na sua ternura, nos seus poderes de cura, na sua habilidade para a pesca. Você não será capaz de me transformar em pedra. Você não será capaz de transformar homem nenhum em pedra. Já não será capaz, porque você mudou. Eu mudei você antes que você pudesse me mudar."

"Como foi que você me mudou?", perguntou a Princesa Petúlia com voz trêmula.

"Você me ama?", perguntou o gigante, inspirando e expirando o ar tão profundamente que o fôlego dele causou uma debandada das nuvens no céu.

"Do fundo de meu coração", respondeu a Princesa Petúlia.

"Você algum dia sonhou que seria capaz de amar, e sobretudo amar do fundo do coração?", perguntou o gigante com uma ternura cuja ressonância era tal que aquietou o bulício na superfície das águas e fez o Vale de Lágrimas brilhar lisinho como um espelho.

Que podia a Princesa Petúlia fazer? Arrancou seu véu e jogou-o no Vale de Lágrimas. Colou seu rosto no do gigante flutuante e beijou-o na maior felicidade. Teobaldo sorriu. Um sorriso que se estendia por duas vezes a altura da Princesa Petúlia. Em sua voz grave e ribombante, Teobaldo disse: "Não virei pedra, virei geleia".

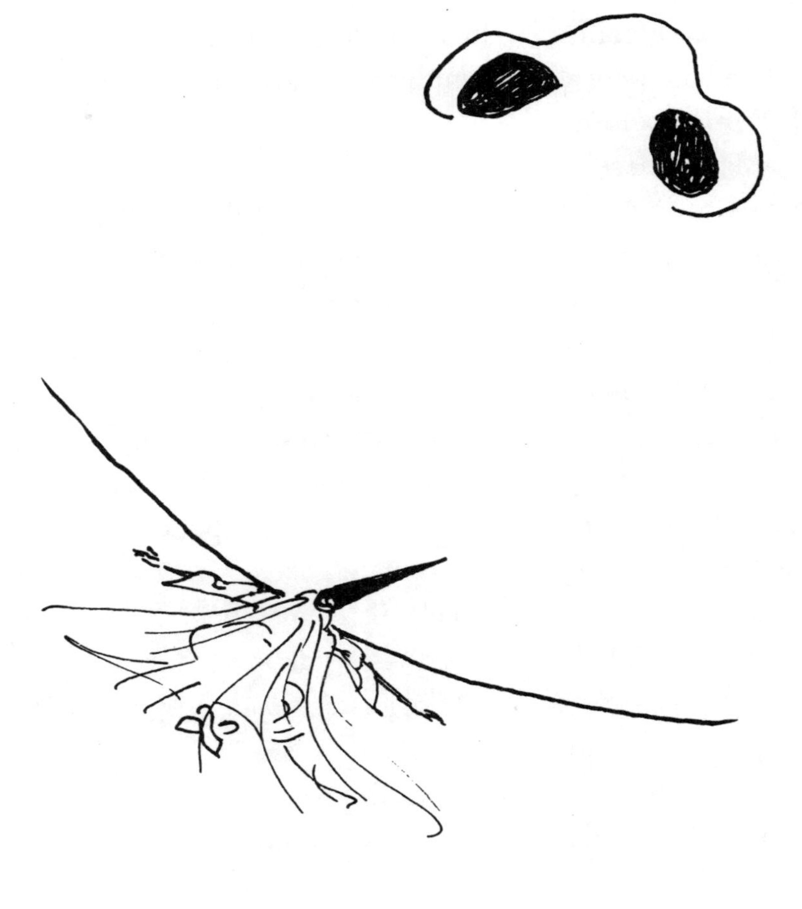

28
Sete páginas para terminar

Confirmando o que havia predito Teobaldo, o Gigante, os homens deixaram de virar pedra ao olhar para o estonteantemente mas não mais paralisadoramente belo rosto da Princesa Petúlia. E confirmando a experiência de Tom pouco antes da luta com Roger, ninguém mais riu aos berros cada vez que via o príncipe.

Mas comecemos com o casamento. O cenário foi de realeza, a cerimônia foi dupla, e quem a realizou foi J. Imago Mago. As noivas eram entregues aos noivos pelo Rei Dedilzifidicer. Roger e Sir Teobaldo funcionaram como padrinhos de casamento recíprocos. Pois é, ele agora passara a ser Sir Teobaldo. De manhã cedinho no dia do casamento real, o Rei Dedilzifidicer disse "Ajoelhe-se" para Teobaldo, o Gigante, que se recuperara inteiramente de sua longa doença, a tempo de casar-se com a Princesa Petúlia. Vocês bem podem adivinhar que "Ajoelhe-se" não foi a primeira palavra a sair da boca do Rei Dedilzifidicer. Primeiro ele disse "Ajeolhe-se", depois disse "Vejeolhe-se", depois "Alveole-se", depois "Aureole-se", depois "Ageleie-se", depois "Elogie-se", depois "Ajuíze-se", até que *finalmente* saiu "Ajoelhe-se".

E Teobaldo, o Gigante, ajoelhou-se. Até conseguir que o corpo dobrasse nas várias direções como tinha que ser para ele ajoelhar-se, com a cabeça para baixo e o traseiro para o ar, já a tarde ia a meio e estava quase na hora do casamento.

J. Imago Mago consultou o relógio de sol do palácio ansiosamente e murmurou para o rei: "Vamos logo com isto".

O que não ajudou muito as coisas. Serviu apenas para perturbar ainda mais o rei, que pretendia dizer: "Erga-se, Sir Teobaldo, o Alto", mas acabou dizendo: "Perca-se, Sir Balduíno, o Fino... Ferva-se, Finobaldo Sir... Sirva-se, Altibaldo Teo... Esbalde-se, Sir Telergo...".

No fim, deu tudo certo. O Príncipe Roger e Sir Teobaldo casaram-se com a Princesa Sarita (não mais Lady Sarita) e a Princesa Petúlia. "Vocês, Princesa Sarita e Princesa Petúlia, aceitam por régios maridos o Príncipe Roger e Sir Teobaldo, na doença e na saúde, na bonança e na adversidade, nas brigas e nos perdões, nos risos e nas lágrimas, agora e para sempre, até que a morte os separe?"

Agora e para sempre leva anos. Isso deu a Roger muito tempo para pensar. E um dia ele contou à Princesa Sarita uma das coisas em que tinha pensado: "Minha esposa adorada, que significa eu já não fazer ninguém morrer de rir, como fazia antigamente?".

A Princesa Sarita refletiu um pouco sobre a pergunta, e respondeu com uma pergunta dela própria: "Que significa eu já não ser tão franca e direta como era antigamente?".

Roger mostrou-se surpreso. "É verdade. Às vezes você é franca e direta, às vezes procura ser delicada, às vezes fala aos berros e às vezes diz agrados baixinho."

Ao que a Princesa Sarita replicou: "E às vezes você é tão engraçado que me dá vontade de abraçá-lo e beijá-lo... e às vezes é uma pessoa tão doce que me dá vontade de abraçá-lo e beijá-lo... e às vezes está tão triste que me dá vontade de abraçá-lo e beijá-lo... e às vezes fica tão insuportável que me dá vontade de lhe dar um pontapé".

O Principe Roger coçou a cabeça. "Que significa tudo isto?"

"Significa que, se você vai à Floresta Para Sempre, sai dela e chega à Divisa Perversa, passa pelo Vale da Vingança, sobrevoa o Mar de Gritos, ultrapassa a Montanha de Más Intenções e por um triz não se afoga no Vale de Lágrimas, o efeito há de se fazer sentir em você."

Roger e a Princesa Sarita estavam sempre vendo a Princesa Petúlia e Sir Teobaldo. Os dois régios casais construíram seus palácios lado a lado. Claro, o palácio de Sir Teobaldo tinha que ser mais alto do que três carvalhos erguidos um em cima do outro. De vez em quando, em memória do passado, os dois casais saíam a bordo de uma jangada atravessando o

Vale de Lágrimas. A jangada era Sir Teobaldo. Pescavam, conversavam, cantavam canções, riam muito. Às vezes, era Roger quem os fazia rir. Mas também podia ser qualquer um dos outros.

Um belo dia a Princesa Sarita sugeriu que se pensasse em mudar o nome do Vale de Lágrimas para Lago do Amor. Roger disse: "Gente, isto é que eu chamo deixar de ser franca e direta!". Todos riram com tanto gosto que a troca de nome acabou sendo esquecida. Com o passar do tempo, o nome Vale de Lágrimas chegou a ser encarado com muito afeto.

Em seu segundo ano de casada, a Princesa Sarita deu à luz um filho que eles chamaram de Tom. No batismo do pequeno, Roger topou com J. Imago Mago pela primeira vez desde a dupla cerimônia de casamento.

"Você sabia que quase morri naquela busca que você inventou?", disse Roger.

"Foi a melhor coisa que já lhe aconteceu em toda a sua vida", disse J. Imago Mago.

"Você sabia que por um triz eu não fracassei?", disse Roger.

"Você fracassou, sim", disse J. Imago Mago. "A busca que você empreendeu foi a busca errada. Não que eu tivesse algo de especial em mente quando o mandei seguir viagem, mas na altura do terceiro ano de sua permanência na Floresta Para Sempre o objetivo da busca confiada a você tornara-se bem claro."

Roger não conseguia acreditar nos seus ouvidos. "Você quer dizer que não era para eu me casar com a Princesa Sarita?"

"Você era para se casar com a Princesa Dafne, que não teria sido, na verdade, uma escolha tão boa quanto a que você fez", disse J. Imago Mago. "De qualquer modo, você se saiu brilhantemente."

Roger foi para casa e contou para a Princesa Sarita. Depois atravessou a rua e contou para a Princesa Petúlia e Sir Teobaldo. Em seguida voltou para casa e brincou com seu bebê, Tom.

E, afinal, que foi que ele pensou de tudo isto?

Depois de muita troca de ideias — com a Princesa Sarita, a Princesa Petúlia e Sir Teobaldo —, Roger resolveu que ao longo de sua existência poderia ainda haver dezenas, centenas de outras buscas, buscas de todo tipo, à espera de quem quisesse ir atrás delas. Mas a pergunta era: onde, em que outro lugar, teria ele encontrado esta mulher? Ou este filho? Ou estes amigos?

1ª EDIÇÃO [1996] 21 reimpressões

ESTA OBRA FOI COMPOSTA PELO ACQUA ESTÚDIO GRÁFICO EM BERKELEY
E IMPRESSA PELA GEOGRÁFICA EM OFSETE SOBRE PAPEL PÓLEN BOLD
DA SUZANO S.A. PARA A EDITORA SCHWARCZ EM MAIO DE 2024